Die Verschmähte

Ottilie Wildermuth

Impressum

Autor: Ottilie Wildermuth
Umschlagkonzept: toepferschumann, Berlin

Verlag: tredition GmbH, Hamburg
ISBN: 978-3-8424-7103-0
Printed in Germany

Tucholsky Wagner Zola Scott Sydow Freud Schlegel
Turgenev Wallace Fonatne

Twain Walther von der Vogelweide Fouqué Friedrich II. von Preußen
Weber Freiligrath Frey

Fechner Weiße Rose von Fallersleben Kant Ernst Frommel
Fichte Richthofen

Fehrs Engels Fielding Hölderlin
Faber Flaubert Eichendorff Tacitus Dumas

Feuerbach Maximilian I. von Habsburg Fock Eliasberg Zweig Ebner Eschenbach
Ewald Eliot Vergil

Goethe Elisabeth von Österreich London

Mendelssohn Balzac Shakespeare Dostojewski Ganghofer
Lichtenberg Rathenau Doyle Gjellerup

Trackl Stevenson Hambruch
Mommsen Tolstoi Lenz
Thoma Hanrieder Droste-Hülshoff

Dach Verne von Arnim Hägele Hauff Humboldt
Reuter

Karrillon Garschin Rousseau Hagen Hauptmann Gautier

Damaschke Defoe Hebbel Baudelaire
Descartes Hegel Kussmaul Herder

Wolfram von Eschenbach Dickens Schopenhauer Rilke George
Bronner Darwin Melville Grimm Jerome

Campe Horváth Aristoteles Bebel Proust

Bismarck Vigny Barlach Voltaire Federer Herodot
Gengenbach Heine

Storm Casanova Tersteegen Gilm Grillparzer Georgy
Chamberlain Lessing Langbein Gryphius

Brentano Lafontaine
Strachwitz Claudius Schiller Kralik Iffland Sokrates

Katharina II. von Rußland Bellamy Schilling
Gerstäcker Raabe Gibbon Tschechow

Löns Hesse Hoffmann Gogol Wilde Vulpius
Luther Heym Hofmannsthal Gleim

Roth Klee Hölty Morgenstern Goedicke
Luxemburg Heyse Klopstock Kleist

Puschkin Homer
La Roche Horaz Mörike Musil

Machiavelli
Navarra Aurel Musset Kierkegaard Kraft Kraus

Nestroy Marie de France Lamprecht Kind Kirchhoff Hugo Moltke

Nietzsche Nansen Laotse Ipsen Liebknecht
Marx Ringelnatz

von Ossietzky Lassalle Gorki Klett Leibniz
May vom Stein Lawrence Irving

Petalozzi Knigge
Platon Pückler Michelangelo Kafka

Sachs Poe Liebermann Kock Korolenko

de Sade Praetorius Mistral Zetkin

Der Verlag tredition aus Hamburg veröffentlicht in der Reihe **TREDITION CLASSICS** Werke aus mehr als zwei Jahrtausenden. Diese waren zu einem Großteil vergriffen oder nur noch antiquarisch erhältlich.

Symbolfigur für **TREDITION CLASSICS** ist Johannes Gutenberg (1400 — 1468), der Erfinder des Buchdrucks mit Metalllettern und der Druckerpresse.

Mit der Buchreihe **TREDITION CLASSICS** verfolgt tredition das Ziel, tausende Klassiker der Weltliteratur verschiedener Sprachen wieder als gedruckte Bücher aufzulegen – und das weltweit!

Die Buchreihe dient zur Bewahrung der Literatur und Förderung der Kultur. Sie trägt so dazu bei, dass viele tausend Werke nicht in Vergessenheit geraten.

Ottilie Wildermuth

Aus dem Frauenleben. Erster Band.

1 8 6 2

Die Verschmähte

»Die Liebe sucht nicht das Ihre.« Kor. 13.

*

Und wäre mir kein Freudenkranz erlaubt,
So wollt' ich mich anstatt des Kranzes schmücken
Mit dem Gefühl, auf ein geliebtes Haupt
Mit sanfter Hand den Kranz des Glücks zu drücken.

Rückert.

*

Die kleine Luise

Wenn junge Fräulein aus der Stadt, die das Pfarrleben nur aus Voß's Luise und aus ihren eigenen Illusionen kannten, hie und da einen Nachmittagsspaziergang in das Pfarrhaus zu W. machten, wenn sie in der Gartenlaube Kaffee tranken und frische Butter genoßen, so fühlten sie sich so recht durchdrungen vom Frieden des Landlebens und priesen Luise, das Pfarrtöchterlein glücklich, daß sie immer an diesem freundlichen Aufenthalt, dem Staub und Gezänk der Städte fern, verweilen durfte. Luise sah sie dann wohl etwas verwundert aus ihren freundlichen Augen an, und besann sich, ob wohl diesen jungen Mädchen, die nur für ihre Ausbildung und für ihr Vergnügen lebten, der Tausch auch in die Länge gefallen würde. Sie selbst kam sich dann recht undankbar vor, daß sie dies gepriesene Glück bis jetzt nicht höher geschätzt hatte, und griff noch viel frischer und unverdrossener ihre mannigfaltigen Pflichten an, von denen die Fräuleins wohl gar keine Vorstellung hatten. Luise war das älteste Kind des Pfarrers und hatte ihre Mutter kaum gekannt. Ihr Vater war so angegriffen worden von dem Tode seiner Frau, daß er es für seine Pflicht hielt, als Hausvater, der sich den Seinen erhalten müsse, soviel als möglich für seine Erholung und Zerstreuung zu thun. Die Aufsicht über den verwaisten Haushalt hatte Jungfer Dore, eine entfernte Verwandte des Pfarrers, übernommen; eine zänkische Person, die Luisen spinnen und stricken lehrte, und der im Uebrigen sie und die zwei kleinen Brüder überall im Wege waren. Die Kinder bemerkten auch oft gar bedenkliche Zustände an ihr, zumal, wenn sie Kellergeschäfte besorgt hatte, sie zogen sich dann scheu in eine Ecke des Zimmers oder des Gartens zurück. Luise machte ihnen Berge von Sand und Nestchen von Heu, oder sie tummelte sich mit ihnen auf dem Rasenplatz des alten Kirchhofes. Die Kinder wurden nicht geplagt, sie hatten nicht Mangel zu leiden, aber der Druck, der auf einer freudlosen Heimath liegt, senkte sich schwer auf ihre junge Seele.

Da kam Tante Jette, eine entfernt wohnende Schwester des Pfarrers, zum Besuch, und entdeckte mit Entsetzen die unordentliche

Wirtschaft der Jungfer Dore. »Christian,« sagte sie dem Pfarrer mit Entschiedenheit, »es hilft alles nichts, du mußt wieder heirathen, dein Haus und deine Kinder gehn zu Grund.« – »Ich glaube es selbst,« sagte dieser ergeben, »ich habe lange schon gemerkt, daß es nicht recht im Hause zugeht, und aus lauter Verdruß und Mitleid mit den armen Kindern mochte ich gar nicht mehr daheim bleiben. Wenn du mir ein taugliches Frauenzimmer weißt …«

Zunächst wurde Jungfer Dore entlassen, was den Kindern nicht leid that, obgleich sie von der heulenden Zärtlichkeit überrascht waren, mit denen sie sie beim Abschied umarmte. Die Tante blieb vor der Hand da, sie wurden gründlich gewaschen und bekamen neue Kleider, und bei jeder vorkommenden Unart pflegte die Tante zu seufzen: »aber um Gotteswillen, was wird dazu eine Stiefmutter sagen!«

Eines Tags wurde Haus und Kinder besonders schön geputzt, Gugelhopfen gebacken und der Kaffee viel heller braun, als gewöhnlich geröstet. Die Tante ermahnte die Kinder, sich ordentlich aufzuführen: »es kommen Besuche, da müßt ihr hübsch freundlich und artig sein, und wenn ein Fräulein mit euch redet, so seid nur nicht so dumm schüchtern, ihr dürft auch ein Späßchen machen und zu ihr sagen, »sei du unser Mütterlein,« das wird sie freuen, und ich geb' euch dann nachher Kuchen.« – »Aber unsere Mutter ist ja todt,« meinte Luise; »und Stiefmütter sind bös,« sagte der kecke Fritz. – »Schweig, naseweiser Bube,« schalt die Tante, »ihr dürft ja froh sein, wenn der Vater wieder eine brave Mutter für euch bringt! Theodor ist gewiß artig und kann ganz nett Mutter sagen zu dem Fräulein, das bin ich gewiß.«

Nun, die Besuche kamen. Es war eine Bekannte der Tante, eine wohlhabende Kaufmannswittwe der nahen Stadt und ihre Tochter, eine sehr stattliche, elegante Dame von etwa achtundzwanzig Jahren. Die Mama sah sich recht gehörig in allen Räumen des Hauses um und ließ sich beim Kaffee von der Tante alle Zehent- und sonstigen Verhältnisse der Pfarrei gründlich auseinander setzen, der Pfarrer unterhielt sich mit der Tochter, die trotz der großen Sicherheit ihres Benehmens doch hier etwas verlegen schien und sich zuletzt zu den Kindern wandte, die von Luisen beaufsichtigt an einem Kindertischchen in der Ecke saßen. »Die Kleine hat schöne, blaue Augen,« sagte Fräulein Amalie, als sie Luisens stillem, aufmerksamem Blick begegnete,»und sieht verständig aus;« – »und recht gutmüthig,« fügte ihre Mama hinzu,»Das sind alle drei,« bestätigte die Tante,»das ist in unsrer Familie.« Fritz verstand dunkel die bedeutungsvollen Blicke der Tante, und ihrer Ermahnungen zur Zutraulichkeit eingedenk, zeigte er Amalien sein Bilderbuch und fragte:»gelt, das ist schön.« – »Ja wohl, ihr habt viel schöne Sachen,« sagte Amalie.»So bleib du eben da, und sei unser Mutterlein,« stieß Theodor ziemlich apropos heraus und blickte dann triumphirend nach der Tante und nach dem Kuchen. Amalie wurde roth, Tante und Mama stießen sich an:»wie wunderbar,« meinte die letztere. – »Sichtbar Gottes Finger,« sagte die Tante.

Nun wurde noch ein Spaziergang durch den Garten gemacht, bei dem die Kinder entbehrlich waren; Theodor rühmte sich sehr seiner Heldenthat und Fritz sah etwas neidisch auf das größere Stück Kuchen, das er zum Lohn dafür erhalten, Luise aber machte sich in ihrem fünfjährigen Köpfchen ihre eignen stillen Gedanken.

Nicht gar lange nach diesem Besuche wurden wieder festliche Anstalten im Pfarrhaus getroffen, nicht nur Gugelhopfen, sogar Biskuit und Zimmtsterne gebacken. Das Fräulein kam wieder, viel schöner geputzt als damals, und der Pfarrer stellte sie den Kindern als seine Braut und ihre künftige Mutter vor. Sie brachte Luisen, die seither noch Trauer um die Mutter getragen hatte, ein Rosakleidchen mit, den Knaben Trommel und Gewehr, und küßte die Kinder; die Tante sagte ihnen, daß es ein großes Glück für sie sei, eine so gute Mutter zu bekommen, und es war Eine Freude und Herrlichkeit.

Als nun bald darauf die Hochzeit gefeiert wurde, als man die alten geweißten Zimmer tapezirte und die neue Mutter mit vielen neuen und schönen Sachen einzog, da ging es der kleinen Luise eigen. Sie mußte viel mehr an die verstorbene Mutter denken als zuvor: wie sie an dem Arbeitstischchen am Fenster gesessen, die Kinder auf Schemeln zu ihren Füßen, wie man sie am letzten Tag noch zu ihr gebracht, wo sie so bleich auf ihrem Bett gelegen war, und ihnen nur stumm die Hand gegeben hatte, und wie sie nachher mit dem todten Brüderlein im Arm ganz unter Blumen im Sarge gelegen. Sie konnte darüber mit niemand sprechen, konnte auch nicht sagen, wie es ihr weh that, als man das alte runde Tischchen der Mutter in eine obere Kammer trug und dafür einen eleganten Arbeitstisch mit gedrehten Füßen an's Fenster stellte. Aber sie war ein Kind und freute sich auch wieder wie ein Kind an allem Neuen: an den tapezirten Zimmern, den schönen Möbeln und auch an der neuen Mutter.

Gar zu viel konnten sie nun diese freilich nicht genießen; die junge Frau versicherte den Pfarrer mit angenehmer Heiterkeit, daß sie nicht auf's Land gezogen sei, um daheim einzurosten: da wurden denn kleine Reisen zu Verwandten und zahlreiche Besuche in der Nachbarschaft gemacht und erwidert. Die Kinder hatten gar nichts dagegen, da stets etwas Gutes für sie dabei abfiel, und sie zu Anfang öfters mitgenommen wurden; auch erbaute sich jedermann an der Zärtlichkeit der jungen Stiefmutter für die Kinder, namentlich für Theodor, der gar ein netter Junge war. Mit der Zeit wurde es freilich lästig, die Kinder mitzuschleppen, auch bekam Theodor einen Ausschlag um den Mund, der ihn nicht sehr produzibel machte, so ließ man ihn daheim und die Andern ihm zur Gesellschaft.

So saß denn Luise wieder mit den Brüderlein zusammen, im Grasgarten oder in der Zimmerecke, tröstete den ungeduldigen Theodor, den die Mama nicht mehr gern bei sich hatte, weil ihr sein Aussehen Eckel einflößte, und erzählte den Beiden Geschichtchen, – sie war wie ein kleines Mütterlein mit den Brüdern, noch ehe sie sieben Jahre alt war.

Da kam zu großem Jubel der Kinder ein neues Schwesterchen zum Vorschein. Die Wärterin aus der Stadt, die angekommen war, ließ die kleinen Bursche aber nicht in's Wochenzimmer, nur Luise durfte dableiben, das Schwesterlein wiegen, der Mutter die Fliegen wehren, die kleinen Hemdchen vom Trockenplatz holen, – sie machte sich gar brauchbar, die kleine Luise, aber die Brüder seufzten unaufhörlich nach ihr und kamen in sehr verwilderten Zustand.

Die Mama war wieder auf und pflegte ihrer Erholung, Luise führte das Kind im Wägelchen im Grasgarten, lachte und sang ihm vor, wenn es weinen wollte, und auch die kleinen Zigeuner von Brüdern ließen sich wieder blicken. Die Mama fand es entsetzlich, daß es auf dem Dorf keine Kleinkinderschule gebe, wo man so unmüßige kleine Bursche aufheben könne. Als nun im nächsten Jahr der Abwechslung halber ein neues Brüderlein gekommen war, da fand sie es unumgänglich nöthig, die Buben in einem guten Kosthause unterzubringen, wo sie unter beständiger Aufsicht seien. Der Pfarrer meinte, sie seien doch noch gar zu jung, aber die Frau sagte mit großer Bestimmtheit:»ich habe Mutterpflichten für diese Kinder übernommen und muß für ihr Bestes sorgen, auch wo es Opfer kostet. Du siehst, ich lasse Luise nicht von mir und wollte gern das Aeußerste thun, aber *Alles* ist mir leider nicht möglich, die armen Kleinen haben doch auch *einiges* Anrecht an mein Mutterherz.« Die Frau blickte mit nassen Augen auf die zwei armen Kleinen, die eben von Luise und dem Kindermädchen geschwaigt und gehätschelt wurden und der Pfarrer willigte seufzend ein.

Die Pfarrerin wurde eine wahre Löwin von Mutterliebe für die zwei Knaben, sie ließ Schneider und Näherinnen kommen, um ihre allerdings sehr verwahrloste Garderobe herzustellen: gesunde, neue Stücke auf Knie und Ellbogen, die den verblichenen Gewändern wieder ihre Jugendschöne vor Augen stellten; sie ließ sich nicht nehmen, die Knaben selbst zu der Frau Präzeptorin zu bringen, die sie in Kost nehmen sollte, sie gab dieser geplagten Frau, die achtzehn Kostgänger neben sechs eignen Kindern auf mütterlichem Herzen tragen sollte, die allerumständlichste Anweisung, wie der Charakter und die Garderobe ihrer Kinder zu behandeln sei, sie empfahl sie ihr zehnfach zu bester Aufsicht und Pflege, und wurde über ihre eigene Muttertreue so gerührt, daß sie Thränen vergoß. Dem Pfarrer wurde das Herz gar schwer, als er die armen kleinen Bursche in fremdem Hause zurücklassen mußte, aber seine Frau theilte ihm auf dem Heimwege noch so viele und gründliche Beweise von ihrer mütterlichen Fürsorge für die Knaben mit, daß es seine eigne Schuld war, wenn er nicht gehörig glücklich und dankbar wurde.

Luise war daheim geblieben, mit der Kindsmagd, bei den kleinen Geschwistern; sie lehrte gerade Gabrielchen gehen und hatte unbeschreibliche Freude an ihr, aber das Kissen des kleinen Bruno, in das sie ihr Köpfchen barg, wurde naß von den vielen heißen Thränen, die sie den Brüdern nachweinte.

Es brauchte nicht viele Jahre, bis auch diese Lücke im Pfarrhaus wieder ausgefüllt wurde, das Mittelalter und die Römer- und Griechenzeit mußten Namen für den jungen Nachwuchs liefern: eine Kornelia, Adelgunde und Thorilde, ein Bruno, Arthur und Thuisko füllten allmählich alle Räume des Pfarrhauses, und es gab kaum in den Ferien und bei den jeweiligen Tauffesten mehr Raum für Fritz und Theodor, die sich mit der neuen Bevölkerung gar nicht mehr zurecht fanden, und wenn sie einmal wieder zum Besuch nach Hause kamen, Luisen beim Eintritt am Aermel zupften und leise fragten:»du, ist wieder Eins da?«

Die große Luise

Luise, die wußte Bescheid unter der neuen Geschwisterschaar, die kleine Luise, die allmählig groß geworden war, sie wußte nicht wie; und die Geschwister alle kannten Luise und riefen Luise und plagten Luise viel mehr als die Mutter, die, ›obgleich sie am Liebsten immer daheim geblieben wäre,‹ es doch um ihrer Kinder willen für heilige Pflicht hielt, sich nicht verrosten zu lassen, und darum häufig kleinere Ausflüge und größere Reisen machte.

Der Vater hatte seine Herzensfreude an Luise, und oft traten ihm Thränen in die Augen, wenn er so das kleine Mütterchen unter den Geschwistern sah, wie sie das Kleinste auf dem Arm hielt, dem Größern Steinchen zum Spielen gab, dem Andern erzählte, für die fernen Brüder sorgte und dachte, und Keines vergaß, als sich selbst. Ueber ihre Erziehung war er nicht so ganz beruhigt. Es hatte so schwer gehalten, ihr nur zum regelmäßigen Besuche der Dorfschule zu verhelfen, und seit sie konfirmirt worden, war gar nichts mehr für ihre Ausbildung geschehen. Er hatte einigemal die Absicht, sie in eine auswärtige Bildungsanstalt zu bringen, oder ihr wenigstens Musikunterricht bei dem Dorfschullehrer geben zu lassen, aber seine Frau bewies ihm in einer schönen Rede, wie die häusliche Wirksamkeit Luisens eigenthümliches Element und allein ihrem Charakter angemessen sei; was den Musikunterricht betreffe, so müsse das ein rechter sein oder gar keiner; – es war kein großer Zweifel hier, daß für das letztere entschieden wurde. Man hatte sie zu der alten Nähterin gesetzt, die als stehender Gast im Pfarrhause das Weißzeug der Kinder im Stand halten mußte, und sie war ohne besondere Anleitung allmählich von den geringsten bis zu den feinsten Nähtereien aufgestiegen; je blöder die Augen der alten Kathrine wurden, und je gröber ihre Stiche, desto feiner und geschickter lernte Luise ihre Nadel führen. Ebenso hatte sie der Schneiderin, die die Mutter aus der Stadt kommen ließ, ihre Geheimnisse abgelernt, und sie betrachtete mit gerechtem Stolz die Schwesterlein, deren zierliche Kleidung ihr Werk war, denen zu lieb sie sogar alle Eitelkeit der Putzladen studirte, – wenn sie je einmal zur Stadt kam, – um die dort gesehenen Herrlichkeiten auf wohlfeile Weise nachzuahmen.

Um aber doch auch für die geistige Bildung der Stieftochter zu sorgen, ordnete die Pfarrerin an, daß Nachts, wenn endlich die Gabrielen, Adelgunden, Thuisko's und so weiter zur Ruhe gebracht waren, bildende Werke vorgelesen wurden. Es war recht schön, aber die gute Luise, die seit ihrem elften Jahr nicht mehr wußte, was ungestörte Nachtruhe sei, war meist so müde, daß sie bald fest eingeschlafen war und selbst bei den klassischen Stellen nicht erwachte.

»Du siehst das gute Kind,« sagte die Pfarrerin mitleidig lächelnd, »wie lächerlich wäre es, ihr eine Bildung aufzudrängen, für die sie nicht Sinn und Bedürfniß hat! Ich habe es immer für die erste Mutterpflicht gehalten, jedes Kind nach seiner Individualität zu behandeln. »Luise, meine Liebe!« rief sie mit erhobener Stimme, »ich glaube, du wolltest noch den Buttertaig auf morgen rüsten?« Luise erhob sich eilig und beschämt von ihrem Schläfchen und machte sich emsig an die Arbeit. »Siehst du?« sagte die Mutter leise und triumphirend zu dem Mann, »so etwas erhält sie munter, das ist nach ihrem Sinn!« Die Mama las für sich in dem bildenden Werke, bis sie, erbaut über sich selbst und ihre individuelle Erziehungsweise zur Ruhe ging, während Luise noch bis tief in die Nacht emsig waltete im Hause, und sich dann neben die kleine, schreiende Thorilde legte, um sie zur Ruhe zu bringen.

Man bewunderte allgemein, wie gut sich die Pfarrerin konservirte, wie sie immer noch Zeit und Frische für den geselligen Verkehr behielt. Auch wurde das gute Verhältnis zu der Stieftochter sehr gerühmt; man hörte hier nichts von Zank und Streit, nichts von unterdrücktem Aerger und Uebelwollen, es ging alles in der größten Freundlichkeit: »liebe Luise, besorge doch den Kaffee; meine

Liebe, du wirst dich wohl der Kleinen annehmen müssen ec.,« und wenn die Pfarrerin eine Landparthie mit ihren Gästen machte, so zog es Luise meist vor, daheim zu bleiben, die Pfarrerin bemerkte dann freundlich gegen ihre Gäste,»man muß sie gewähren lassen, sie ist ganz für den engsten Kreis der Häuslichkeit geschaffen.«

Und recht wohlgefällig nahm sie die Komplimente über die gelungene Erziehung der Stieftochter hin und bemerkte bescheiden: »die Kleine selbst hat es mir wirklich erleichtert und vergilt mir jetzt die Mühe, die es mich gekostet, sie nach ihrer Individualität zu behandeln.«

Und Luise? war sie ein willenloses Opferlamm oder die stille Dulderin eines freudlosen Daseins? Kein's von Beiden. Sie war noch gar nie dazu gekommen, sich ihrer Ansprüche ans Leben bewußt zu werden, sie dachte nur ihrer Pflichten, denen sie nach ihrem demüthigen Sinn so wenig genügte, und bat Gott von einem Tag zum andern um die Kraft, ihr Tagwerk besser vollbringen zu können. Von früher Kindheit an für Andre bemüht, hatte sie fast unbewußt die schwere Kunst gelernt, die Viele durch ein ganzes langes Menschenleben nicht lernen, oder nicht lernen wollen, die Kunst, sich selbst zu vergessen. Der beste Panzer gegen die Stacheln fremder Selbstsucht ist ein selbstloses Gemüth. Was Andre als Last von sich wegschoben und auf ihre Schultern legten, das übernahm sie freudig als Zeichen ehrenden Vertrauens.

Ihr Leben war nicht freudlos; sie freute sich des Gedeihens der Geschwister, ihrer Zuneigung und Anhänglichkeit, besonders der unbeschreiblichen Liebe der ältern Brüder, denen sie immer das Nächste und Liebste auf Erden blieb, sie freute sich des Gartens, der ausschließlich ihrer Sorge übergeben war, ihrer Nelken und Monatrosen; unbewußt freilich, sie schrieb keine Reflexionen darüber in ihr Tagebuch, aber sie empfand den Segen dieser Freude in der ungebrochenen Kraft und Frische, mit der sie ihr mühevolles Tagewerk vollbrachte.

*

Bruno und Arthur hatten längst das Alter erreicht, in dem Theodor und Fritz das Elternhaus verlassen hatten, die Mutter aber fand, daß es für ihre Individualität besser wäre, sie zu Hause zu behalten, auch hätte es doch des Pfarrers Kasse kaum aufgewendet, für alle

Söhne Kostgelder zu bezahlen. Da nun auch für Gabrielens und Kornelias aufkeimende Fähigkeiten der Unterricht des Dorfschullehrers nimmer zureichend befunden wurde, hielt es die Mutter für das Beste, einen Vikar anzunehmen, der den Unterricht der Kinder gemeinsam mit dem Papa übernehme.»Wir haben zu große Opfer für unsre ältern Kinder gebracht,«sagte sie mit edler Selbstverläugnung,»ich muß suchen, die Erziehung meiner eignen Kinder weniger kostspielig zu bestreiten, ich habe mich immer bestrebt, meine Mutterpflichten zu erfüllen.« Und sie schwieg wieder mit stiller Rührung über sich selbst.

Der Vikar

Herr Lehner der Vikar kam, ein junger Mann von kräftiger Gestalt, der Pfarrerin aber viel zu unkultivirt in Kleidung und Aussehen, und fatal durch die Pfeife, deren Rohr nebst Quästchen unter allen Lebensumständen aus seiner Rocktasche hervorsah, wenn sie nicht in seinem Munde dampfte. Aber er war ein guter Prediger, hatte schöne Sprachkenntnisse, eine gutmüthige Weise, die Kinder an sich zu gewöhnen, und war recht frisch und unverdrossen zu den verschiedenen Leistungen, die ihm aufgetragen wurden.

Er war armer Leute Kind, hatte eine entbehrungsvolle, freudenarme Jugend verlebt, und seine ärmliche Heimath, in der leider auch die Armuth zum Zankapfel geworden, stand in grellem Kontrast zu den erwachenden Bedürfnissen äußern Komforts, die unzertrennlich von erweiterter Geistesbildung sind.

Da war es ihm denn unendlich wohl, aus der schmutzigen Schusterstube, aus den kasernenartigen Räumen des Seminars, in ein hübsches, wohleingerichtetes Pfarrhaus zu kommen; und das bescheidne Vikariatsstübchen, das aus einer alten Rumpelkammer hergestellt und mit alten Inventarstücken verschiedener Zeitalter meublirt war, dünkte ihm der Inbegriff von Behaglichkeit.

Die stattliche, schöngeputzte Frau Pfarrerin imponirte ihm ungemein und er war ein gläubiger und bewundernder Zuhörer, als sie ihn ihre Verdienste als Mutter im Allgemeinen und als Stiefmutter in's Besondere, allmählich errathen ließ. Luise, deren schlichte Gestalt neben der ahnsehnlichen wohlkonservirten Mama kaum bemerkt wurde, die zum Mittagessen immer zu spät mit hochgerötheten Wangen aus der Küche kam, und meist keine Suppe mehr und nur noch erkaltetes Gemüse fand, die nach dem Abendessen sogleich wieder verschwand, um die kleinern Geschwister zu Bette zu bringen und den größern Gesellschaft zu leisten, wenn sie sich fürchteten, – beachtete er Anfangs kaum. Er kannte sie aus der Mutter Schilderung, die sich freute, einen neuen Zeugen ihrer Vortrefflichkeit zu haben, und die sich mit der Pfeife versöhnte, die den Vikar zu einem so geduldigen Zuhörer machte, als »ein gutes einfaches Geschöpf von höchst bescheidenen Gaben, nur für den engsten Kreis der Häuslichkeit geschaffen«, und er dachte, sie scheine dazu wirklich recht gut und brauchbar.

Nun traf es sich aber, daß es die Frau Pfarrerin um ihrer nun erwachsenen Kinder willen immer mehr für Pflicht hielt, die geselligen Kreise der Nachbarschaft zu besuchen; es gab kleine, allwöchentliche Pfarrkränze in den Häusern, größere allmonatliche in einem Gasthofe der Umgegend, auf dem Jahrmarkt war es unumgänglich nöthig, Einkäufe für's Haus selbst zu machen, die wichtigern freilich mußte man auf der Weihnachtsmesse der Residenz besorgen; – dann war die Frau Dekanin eine sehr artige Frau und höchst empfindlich, wenn man sie nicht oft besuchte; Doktors endlich, vor denen durfte sie sich nimmer sehen lassen, wenn sie nicht bald auf einen Tag zu ihnen kam, und mit Oberamtmanns konnte es die tödtlichste Feindschaft geben, wenn man nicht Gabriele und Adelgunde zu ihrer Alwina und Rosalie brachte! Die gute Frau Pfarrerin erlag fast unter der Last ihrer geselligen Verpflichtungen, und seufzte schwer, so lang ihr Luise Shawl, Hut und Sonnenschirm herbeitrug; wie gern wäre sie heute daheim geblieben!

Luise genoß dieses Glück des Daheimbleibens reichlich. »Es ist jetzt Schade, wenn heute nicht die Wäsche wäre, so hättest du Wohl mit können,« meinte die Mutter, oder hieß es:»willst du nicht auch mit, Luise? ich fürchte aber, Thuisko, der arme Schelm, läßt dich nicht fort, er ist so eigen, wenn ihm etwas fehlt, und so an dich gewöhnt.«

Luise fand das ganz natürlich und ließ sie beruhigt ziehen, sie hatte genug aufzuräumen nach den Abgehenden, es that ihr Wohl, wenn es stiller wurde und wenn sie ihre Geschäfte allein besorgen konnte, ohne die beständigen Anweisungen und Bemerkungen, mit denen die Pfarrerin ihre Hausfrauen- und Mutterwürde retten wollte. Auch war es ihr dann nur möglich, ruhig an Einer Arbeit zu bleiben.

Da nun auch der Pfarrer meistens seine Frau begleitete, und dem Vikar als Beweis seines Vertrauens Haus und Amt übergab, traf es sich gar manchmal, daß dieser und Luise mit einigen der Kinder allein zu Hause waren.

Er fühlte sich in ihrer Gesellschaft viel behaglicher als in der der Frau Pfarrerin; dort wurde er es allmählich müde, beständig den Zuhörer zu machen, der nur hie und da ein Zeichen der Aufmerksamkeit oder ein Murmeln der Anerkennung von sich geben durfte.

Luise hörte *ihm* zu, wenn er jezuweilen den Nachmittagskaffee mit ihr trank, oder sich mit seiner Pfeife in die Nähe des runden Nähtischchens setzte, das sie für sich in einer bescheidnen Ecke wieder aufgestellt hatte, und es war wunderbar, wie er ihr *alles* erzählen konnte: seine verkümmerte Kindheit, das Elend und den Unfrieden seines Vaterhauses, die sparsamen Genüsse seiner Studienjahre, – und wenn dann ihre blauen Augen so mit dem Ausdruck tiefer Theilnahme, innigen Verstehens auf ihm ruhten, so fand er, daß sie wirklich recht schön seien, auch ihr Gesicht angenehm, nur etwas zu blühend. Luise, die in Anwesenheit der Mutter fast stumm war, und der sich erst in der Einsamkeit die Zunge löste, wußte nichts zu klagen, sie fand nur Grund zum Dank in ihrer Vergangenheit, aber sie konnte hier zum erstenmal den dämmernden Erinnerungen von ihrer seligen Mutter Worte geben. Auch Lehner hatte seine Mutter früh verloren, nur ihr sanftes, blasses Gesicht schwebte ihm in dunkler Erinnerung noch vor. Freilich, wenn er dann seiner zänkischen, neidischen Stiefmutter gedachte, wie vielen Grund fand dagegen Luise, ihr Geschick zu preisen: sie hatte nie Härte von der zweiten Mutter erfahren! Lehner hatte so seine eignen Gedanken darüber, wenn ihm allmälich die Augen aufgingen über die Art, wie die Mama die Individualität der Stieftochter benützte, aber er hütete sich, ihren glücklichen Glauben zu stören.

Sehr ungestört blieben freilich solche Mittheilungen nicht, wenn nicht einmal zufällig das ganze Heer auswärts war. Da zupfte einmal Gabriele am Kleid:»Luise, schneid' auch das Puppenkleid!« Dann kam Bruno:»Luise, stich mir ein Heft ein!« Arthur verlangte eine Schnur zu seinem Drachen und Thorilde hatte ihr Schnupftuch verloren, die Magd wußte nicht, welches Beet sie umschoren sollte, und ein paar Dorfmädchen baten um Blumen zu einer Hochzeitfeier. »Luise!«»Jungfer Luise!« tönte es allenthalben und überall.

Und allenthalben und überall gab sie Antwort und Auskunft und Beistand mit unermüdeter Geduld, mit unzerstörbar guter Laune. Wenn der Vikar, wüthend über die endlosen Störungen, eben im Begriff war, wenigstens unter die unmüßige Kinderschaar mit einem kleinen Donnerwetter zu fahren, so sah Luise ihn gutmüthig lachend an und meinte: »nun wollen wir sehen, was es das nächstemal gibt?« – »Aber, wie können Sie nur geduldig bleiben bei dieser ewigen Plage?« – »Ei,« lächelte sie, »es steht nirgends geschrieben, daß es gerade mein Beruf sei, zu nähen und stillzusitzen, ich muß ja froh sein, daß so viele Leute etwas von mir wollen.«

Und Luisens unübertreffliches Talent, die Liebhabereien und Bedürfnisse von jedermann zu errathen! Nur einmal hatte sie bemerkt, daß er den Schnittlauch auf der Suppe mit dem Löffel etwas bei Seite geschoben, und von diesem Tage an wurde er nimmer auf die Suppe gestreut, sondern besonders auf einem Tellerchen gegeben. Wie sie seinen Geburtstag errathen, blieb ihm ein Räthsel, aber es konnte nicht Zufall sein, daß gerade an diesem Tage lauter Leibgerichte gekocht waren und die Kinder ihm frische Blumen auf's Zimmer brachten. Er hätte dies nun freilich auf Rechnung eines besonderen Interesses für sich schreiben können, aber er hörte zufällig an einem Sonntag Morgen die Hausmagd verwundert fragen: »aber Jungfer Luise, warum ziehn Sie sich nicht in die Kirche an, ich kann ja heut Nachmittag darein gehen?« Luise erwiederte freundlich: »nein, Christine, heut ist dein Geburtstag, da gehst du in Ruhe zur Kirche, Nachmittag erlaubt die Mutter, daß du deine Eltern besuchst.« – »Ach du lieber Gott!« rief die gerührte Magd, »hab ja selbst kaum gewußt, daß mein Geburtstag ist und hat sein Lebtag noch niemand daran gedacht, woher wissen denn Sie's?« Da hörte denn der geschmeichelte Vikar, daß Luise solche zarte Aufmerksamkeit nicht nur für ihn allein hatte.

So ferne von Absichtlichkeit und Koketterie auch Luisens einfaches Wesen war, ein aufmerksamer Beobachter hätte doch zugeben müssen, daß sie nun Alles, was sie immer gethan, noch viel williger, heiterer, frischer that als zuvor: ein Geist der stillen Freudigkeit beseelte all ihr Thun und Wirken, der dem Werthe ihrer treuen

Pflichterfüllung den Reiz der Liebenswürdigkeit beifügte. Das war nicht Gefallsucht, es war wohl kaum schon ein aufkeimendes wärmeres Gefühl für den Vikar, es war zunächst nur die unbewußte Empfindung, daß zum erstenmal ein theilnehmendes Auge auf ihr ruhte, daß ihre kleinen Opfer, ihre emsige Sorge um Andre verstanden und anerkannt wurden, – es war die Sonnenwärme der Sympathie, die all den Blüthen ihrer stillen Seele mit einemmale Duft und Farbe gab.

Und diese selbstlose Luise, die noch nicht wußte und ahnte, woher ihr diese ungewohnte Freudigkeit kam, ertappte sich doch hie und da auf selbstsüchtigen vermeßnen Gedanken, wie sie sie nie zuvor gehegt: Gedanken an eine eigne Heimath, etwas stiller, einfacher vielleicht als ihr Vaterhaus, eine Heimath, in der sie die Herrin war, und die sie nach ihrem Sinn gestalten durfte; an ein Herz sogar, das ihr eigen gehörte, das sich bekümmerte, wenn sie litt, sich freute, wenn sie froh war; aber sie scheute sich, diesen Träumen Gestalt zu geben, und konnte bisweilen, wenn sie einen Augenblick still gesessen, auffahren und mit einer ihr fremden Hast eine Arbeit vornehmen. Auch schlief sie nicht mehr ein, wenn Abends der Vikar vorlas, und der Vater hatte sie zu seinem unaussprechlichen Erstaunen schon in seinem Zimmer ertappt, wie sie eifrig im Konversationslexikon nachschlug, um einigen Lücken ihres Wissens nachzuhelfen.

Der Vikar, eine reelle Natur, hing nicht so lange unbewußten Eindrücken nach. Gar bald, nachdem sich ihm der Gedanke aufgedrängt:»das gäbe eine gute Frau,« fragte er sich weiter:»warum nicht *meine* Frau?« und die Sache schien ihm mit jedem Tag mehr einleuchtend. Freilich, er hatte noch nicht lange die Universität verlassen, und die Aussichten auf Anstellung lagen in weiter Ferne, aber Luise war ja erst neunzehn und konnten sie nicht einen Patronatsdienst erhalten? Er war von Hause aus arm und Luise nicht reich; aber er hatte ja oft gehört, daß eine häusliche Frau ein Kapital sei, und wer konnte häuslicher sein, als Luise? Auch schien ihm ein Einkommen von dreihundert oder gar fünfhundert Gulden eine gar schöne Sache, und er wußte noch nicht recht, wie man es nur angreifen sollte, das aufzubrauchen. Luisen allein konnte er ohne Erröthen in sein armes Vaterhaus führen; – kurz, er fand immer mehr, daß Luise die einzig mögliche Frau für ihn auf der Erde sei, und er beschloß, einmal die wichtige Frage bei ihr zu wagen. Aber das war nicht so leicht gethan; und was konnte er ihr bieten, um ein Jawort zu hoffen? Ein solches Kleinod von einem Mädchen, die brauchte nicht zehn Jahre lang auf einen armen Vikar zu warten, der reiche Pfarrer von Lengsfeld, ein Wittwer mit nur zwei Kindern, hatte sich gegen ihn selbst schon höchst beifällig über »dieses höchst brauchbare, thätige Frauenzimmer« ausgesprochen, sogar der Oberamtsrichter, der zur Indignation der ganzen Umgegend noch ledig war, hatte nach einem längern Besuch im Pfarrhaus geäußert: »er glaube mit einer so anspruchslosen, aufmerksamen Person wäre man am Ende für alte und kranke Tage besser berathen, als mit einer glänzenden Parthie.« Wie viel brillantere Aussichten für Luise!

Wenn er nur gewiß gewußt hätte, ob sie ihn ein wenig lieb habe! gut und freundlich und aufmerksam war sie gegen jedermann, er mußte noch ein besonderes Zeichen abwarten.

Verlobung.

Es war ein schwüler Tag im Mai, als er zu einer Krankenkommunion auf das ziemlich entlegene Filial gehen mußte. Luise hatte ihm durch Bruno einen Regenschirm nachgeschickt, da gewiß ein Gewitter komme, aber mit männlichem Muthe hatte er den Schirm verschmäht und zurückgeschickt. Dieser Trotz rächte sich; auf dem Heimweg überraschte ihn das Gewitter und furchtbare Regengüsse durchnäßten ihn, schaudernd vor Frost und Nässe, in der abgekühlten Abendluft eilte er heimwärts, die Pfarrkutsche begegnete ihm; sollte Luise sie ihm entgegenschicken? Ach nein, Herr und Frau Pfarrerin waren ja in der Stadt bei dem Abschiedsschmaus eines abziehenden Beamten, denen galt die Kutsche, nicht ihm. Endlich erreichte er das Haus, – keine freundliche Seele, die ihn empfangen hätte! Luise hatte Wohl genug zu thun gehabt, bis sie Shawl und Tücher in den Wagen gerichtet, und mußte jetzt für die heimkehrenden Eltern sorgen. Etwas verstimmt und verbittert stieg er in sein Stübchen. Da war ihm als ob auf dem dunklen Gang eine Gestalt an ihm vorbei die Treppe hinabschlüpfte, er erkannte sie nicht. Er trat in's Stübchen, dessen Fenster er offen gelassen hatte; sie waren sorgfältig verschlossen, die Bücher weggeräumt, die vom einschlagenden Regen hätten naß werden können, auf dem Tischchen an seinem Bette dampfte einladend ein duftender Thee. Nun, das war ja prächtig. Er eilte, sich unter die Decke zu stecken, das Bett war angenehm durchwärmt: eine Wärmpfanne! Nein, das war gar zu rührend, daran zu denken! Kaum konnte er vor Rührung den Thee trinken, erwärmt an Seele und Leib schlief er unter den angenehmsten Empfindungen ein. Die Bettpfanne leuchtete noch in seinen Träumen als aufgehende Morgensonne seines Glücks. Er mußte noch gewiß sein, ob er diese zarte Fürsorge auch wirklich Luisen verdanke. Als sie am folgenden Tag endlich zu Tische kam, lenkte er die Rede auf das gestrige Gewitter:»Sie sind auch naß geworden, Herr Vikar?« fragte der Pfarrer.»So ziemlich,« entgegnete er;»aber ich habe mich herrlich erholt, ich trank köstlichen Thee und wurde durch die sorglichste Aufmerksamkeit überrascht.« Er wagte, verstohlen nach Luisen hinzusehen, nein, *die* Röthe! die konnte nicht vom Küchenfeuer kommen. Er war so hingenommen von seinen eignen Gedanken, daß er kaum des Pfarrers Erwiderung und eine etwas spitze Zwischenrede der Frau vernahm. Noch im Gehen hörte er aber auf der Treppe, wie die Pfarrerin noch in ziemlich scharfem Tone zu Luisen sagte:»ich muß sagen, meine Liebe, daß ich nicht liebe, daß andre Leute über meinen Thee verfügen, auch halte ich für Pflicht, dich aufmerksam zu machen....« Auf was? verstand er nimmer, da eben die Kinder aus dem Zimmer kamen, aber Nachmittags beim Kaffee sah er Luise, die er noch nie anders als heiter gesehen, mit rothgeweinten Augen, er fand nicht wie sonst seine Tasse am gewohnten Platz und die Fidibusse dabei, sie schenkte schweigend auf einem Nebentischchen ein und verschwand wieder.»Ist Fräulein Luise unwohl?« fragte er besorgt.»O nein, sie hängt die Kindswasch auf,«sagte die Mutter kurz. Das arme Kind, sollte sie seinetwillen noch leiden!

In diesen Gedanken gerieth er statt in seine Stube ganz zufällig in den Grasgarten, wo die besagte Kindswäsche aufgehängt wurde. Thuisko und Thorilde saßen im Gras und spielten mit Waschklammern, riefen daneben Schwester Luise jede Minute wieder von der Arbeit ab; die aber war so vertieft in ihr Geschäft und in ihre Gedanken, daß sie den Vikar nicht bemerkte, bis er dicht bei ihr stand.»So fleißig, Fräulein Luise?« – »Ein wenig,«sagte sie, ohne ihn anzublicken.»Ich habe Ihnen noch nicht einmal gedankt.« – »O ich bitte,« sagte sie, unfähig ihre Thränen zurückzuhalten, »ich habe ja das Nämliche schon für unsre alte Nachbarin gethan, wenn sie naß nach Hause kam.« – »Also nicht mir zu lieb,« sagte er traurig, und faßte ihre Hand. Keine Antwort. »Und dürfte ich nie hoffen, eine so treue Fürsorge für mein ganzes Leben zu genießen?« Abermals keine Antwort, aber ein halber, schüchterner Blick. »Ach, ich weiß wohl, ich kann Ihnen so wenig bieten, ich bin arm, ohne Familie, allein.« Jetzt leuchtete Luisens Auge auf und ihr gesenktes Haupt erhob sich, er war arm, er fühlte sich allein, er bedurfte ihrer.

»Ich bin nicht schön, so einfach erzogen, so wenig gebildet,« sagte sie leise. »Sie sind das allerbeste Mädchen, das ich je gekannt habe, und ein Segen für einen Mann!« rief feurig der Vikar; es wurden nicht viel Worte mehr gewechselt, aber Blicke, die mehr sagten, – und vielleicht sogar noch mehr als das. Und die Vögel sangen und der Apfelbaum streute seine Blüthen auf die Beiden, die da standen und sich glückselig in die Augen schauten, und Luise fragte sich wie im Traum, womit denn sie solche Seligkeit verdient habe?

»Und nun zum Vater!« rief Lehner, der sich in diesem Augenblick zu Allem stark fühlte, »und um seinen Segen gebeten!« – »Ach nein,« flüsterte Luise, die plötzlich wieder zu der Wirklichkeit erwachte, »wer sollte die Wasche aufhängen? ich bitte, gehn Sie, wenn man uns so hier sähe?« Man hatte sie aber gesehen. Das kleine Volk nemlich, das sie in ihrer Seligkeit ganz vergessen hatten, Thorilde die kleine Schwester, war hinauf geeilt und der kleine Thuisko nach gequaddelt, so schnell seine krummen Beinchen erlaubten, und sie hatten verkündet, daß der Herr Vikar Schwester Luise geküßt habe. Das gab große Bewegung in's Haus, und es war ein Glück, daß bald nach dieser entsetzlichen Kunde der Vikar selbst kam und, da er an dem Kichern und Köpfezusammenstrecken der naseweisen kleinen Kreaturen bald merkte, daß sie seine Unthat verrathen, es für's Beste hielt, seine Werbung schnell vorzubringen, so geschickt oder ungeschickt als er konnte.

Der Pfarrer war nicht so sehr überrascht, desto mehr die Pfarrerin, die in Wahrheit nie an eine mögliche Verheirathung Luisens gedacht hatte, sie schien ihr, wie sie sich ausdrückte, »so ganz zur liebevollen Gehilfin für ihre jüngern Geschwister geschaffen.« Unter sothanen Umständen war aber nichts zu thun, als den elterlichen

Segen zu ertheilen, was der Vater mit tiefer Rührung, die Mama mit viel mütterlichem Anstand that. Es wurde sogar in den nächsten Tagen eine Art von Verlobungsmahl gehalten, wobei Luise nur schmerzlich Fritz und Theodor vermißte, die man natürlich nicht aus der Lehre und aus dem theologischen Seminar berufen konnte. Wer noch nicht wußte, wie groß die Verdienste der Frau Pfarrerin um ihre Stiefkinder seien, der konnte es an diesem Abend recht gründlich erfahren.

*

Luise lebte noch wie in einem seligen Traum und wußte nicht, wie sie genug ihr demüthiges und dankbares Herz zeigen sollte für all diese unverdiente Liebe und Güte. Sie war nun für eine Weile der Mittelpunkt des Hauses, ihr brachte man Glückwünsche dar, sie mußte mit Besuche machen, um den Bräutigam den Verwandten zu zeigen! Es war ihr eigentlich recht wohl, als die gewandte Mama die Sachen wieder in's alte Geleis gebracht hatte, als ihr vergönnt war, wieder in den Hintergrund zu treten.

Es blieb alles wie zuvor, sie blieb zu Haus, sie kochte, nähte, flickte, besorgte Haus und Geschwister, und doch wie so viel anders! was für ein goldener Hauch lag auf dieser Alltagswelt, wie fühlte sie bis zum innersten Herzensgrund das Auge, das mit Liebe und Beifall ihren Schritten folgte. Sie meinte gar nicht genug thun zu können, um zu zeigen, daß sie nicht übermüthig sei in ihrem Glück, und um der Heimath, der sie nun doch nicht mehr so ganz eigen gehörte, noch alle ihre Liebe und Treue zuzuwenden. Die Mutter hätte gar nicht nöthig gehabt, so oft ihre Zuversicht auszudrücken, daß Luise ihre kindlichen Pflichten nicht versäumen und die Opfer ihrer Eltern nicht mit Undank vergelten werde. Ein halbes Stündchen im Garten verplaudert, ein kleiner Abendspaziergang, ein verstohlener Gruß und Blick beim Begegnen den Tag über, ein Händedruck unter dem Tisch, das waren alle bräutlichen Genüsse, die sie sich gestatten durften, aber für Luisens genügsames Herz war es eine Welt von Seligkeit.

Und die Zukunftspläne, die goldnen Träume, mit denen sie die Nachtstunden kürzte, in denen sie noch feinen Flachs zu ihrer Aussteuer spann! Ein eignes Pfarrhaus mit einem Blumengärtchen vor den Fenstern, wo sie allein, ganz allein für den geliebten Mann leben und sorgen, wo sie frei und ungehemmt als Mutter einer Gemeinde sein schönes Amt theilen durfte, – sie malte sich die Abende, wo sie ihn im traulichen, warmen Stübchen empfangen würde, Schlafrock und Pantoffeln am warmen Ofen bereit, und sein Pfeifchen angezündet, die Gänge an seiner Seite durch's Dorf, die stillen Stunden, wo er ihrer Unwissenheit freundlich nachhelfen würde, – o ein Leben voll Frieden und Freude. Die Einrichtung des Pfarrhauses besprachen sie zusammen; es mußte freilich alles viel einfacher werden als im elterlichen Haus, dem die Stiefmutter einen städtischen Anstrich gegeben hatte, und wo beim Eintritt ungewiß war, ob man in ein Porzellan- und Glaswaarenlager oder in eine Pfarrstube trete, aber doch recht traulich, recht hübsch. Gardinen hielt der Vikar für unnöthig wegen des Rauchens, aber darauf bestand Luise:»das ist so gemüthlich, ich will sie schon oft genug waschen.« Dafür bildete sich aber der Vikar große Stücke ein auf einen Doktor Luther, den er als künftige Wandverzierung bereits erworben hatte, er hatte noch Plane auf eine Katharina von Bora und eine *mater amabilis*; er hielt es für sehr nöthig, etwas in Kunstwerken aufzuwenden, da an Tapeten natürlich nicht zu denken war.

Wann diese rosigen Plane in's Leben treten sollten, das war freilich noch nicht abzusehen, und»die weite Aussicht« war das einzige Bedenken aller Bekannten gegen diese Verbindung, aber die Jugend ist hoffnungsreich, und ein Patronatsdienst blieb stets der letzte Rettungsanker.

*

So bescheiden auch das Paar seines bräutlichen Glückes genoß, so fanden es die Eltern doch in die Länge nicht passend, daß der Bräutigam Hausgenosse blieb. Die Mutter meinte, Luise könne sich ungestörter auf ihre häuslichen Pflichten vorbereiten, wenn er entfernt sei, und Luise fügte sich willig in die Trennung, war doch das Dorf, wo der Vikar eine andre Stelle bekam, kaum drei Stunden entfernt.

Da kam er denn manch liebes Mal zum Besuch herüber, und es war ein neues Glück für Luise, wenn sie ihn von ihrem Fenster aus weit über's Feld her schreiten sah, oder wenn er sie unvermuthet bei einer häuslichen Arbeit überraschte. Und wenn sie ihn Abends begleiten durfte bis zu dem Weidengebüsch, und sie dann noch still beisammen saßen, alles so ruhig umher und so friedevoll, und von der Zeit sprachen, wo sie nicht mehr Abschied nehmen dürften, gar nicht mehr, – o, das Alles war auch so schön und gut!

Die Mutter hielt es für unnöthig und nicht passend, daß Luise mit Lehner die arme Hütte seines Vaters besuchte:»man könnte ja die Leute herkommen lassen,« aber Luise ließ sich nicht davon abhalten.

Eine traurige Heimath! sie meinte dem Geliebten mit zehnfältiger Liebe einbringen zu müssen, was er hier so lange entbehrt, – die keifende Stiefmutter war todt, der Schuster leidend und elend, ein kümmerlicher Knabe und ein verwahrlostes Mädchen, alles verdorben, vernachläßigt, trübselig.

Luise kam in die düstre Hütte wie der Sonnenschein, aber nicht wie ein greller, der das Elend erst deutlich zeigt, nur wie ein mildes Frühlicht. So natürlich, so einfach gab sie den Geschwistern die Hand, setzte sich zu dem Vater und ließ sich seine Leiden erzählen, so bescheiden ertheilte sie der Schwester guten Rath, wie sie des Vaters Leiden erleichtern könne, und ermuthigte den Bruder, den Betrieb des vernachläßigten Handwerks doch zu versuchen. Lehner selbst erschien seine Heimath und Kindespflicht wieder in ganz anderem Lichte, und hätte er Luise nie geliebt, er hätte sie jetzt lieb gewinnen müssen. Zu den Zukunftsplanen gehörte von nun an auch ein Oberstübchen für den alten Vater:»du wirst sehen,« sagte Luise heiter,»er erholt sich bei uns wieder so weit, daß er selbst unsern Hausbedarf verfertigt, damit ersparen wir sehr viel, Schuhe sind auf dem Lande eine große Ausgabe! und Katherine nehmen wir natürlich auch zu uns, dann brauche ich keine Magd, wir arbeiten dann alles zusammen, es soll ihr gewiß nicht schwer werden. Der Christian, der muß natürlich hinaus, um was Rechtes zu lernen, wenn er ein wenig erstarkt ist; ich denke, der arme Junge hält sich gewiß gut, wenn er weiß, daß er eine freundliche Heimath hat, wo man für ihn sorgt.«

Daheim wagte Luise zum erstenmal, den Vater um ein kleines Taschengeld zu bitten, und sie fand von nun an immer Mittel und Wege, den kranken Vater oder die Katherine mit einer kleinen Gabe zu erfreuen.

Hoffen und Harren

Der Pfarrer in der Nähe starb und Lehner kam in eine entlegenere Gegend, die Besuche wurden gar selten, aber dafür kamen Briefe: wieder eine neue und ganz unerhörte Glückseligkeit für Luisen, die noch nie einen Briefwechsel angeknüpft hatte. Ursel, die alte Bötin, mit ihrer ungeheuren Ledertasche war ihr nun die holdseligste Erscheinung von der Welt; es wurde ihr manchmal möglich, in lauen Sommernächten aus dem Haus zu schlüpfen und über den alten Kirchhof hinaus der Ursel entgegen zu gehen, wenn sie von der Stadt kam. Wenn diese dann mit gutmüthigem Brummen:»wurd et so pressiera« den gewünschten Brief fand, mit welchem innern Jubel schob ihn dann Luise in's Täschchen und flog nach Haus und stahl sich in das Stübchen, das sie mit den Kleinen theilte, und küßte diese in ihrer Herzensfreude und las bei dem Sparlicht, das ihr gestattet war, die geliebten Zeilen!

Ihr selbst, die just keine geübte Briefstellerin war, machte es freilich einiges Drangsal, bis sie die Antwort zu Stande gebracht, sie probirte wohl hie und da ein Wort auf der Schiefertafel, bis es orthographisch richtig aussah, oder fragte heimlich Gabriele um Rath, die unter Anleitung eines neu engagirten Hauslehrers gute Fortschritte machte; – aber allmählig lernte sie leichter und freier ihr liebendes Herz im Briefe ausdrücken, und sie war so glücklich, so dankbar für diese neue Freudenquelle.

Die Leinwand war gesponnen und gebleicht, die Mutter hatte auch Luisen auf ihr Bitten von den Leinwandvorräthen der verstorbenen Mutter übergeben, obgleich sie es für höchst vorzeitig hielt, und Luise, die ja so leicht einige Nachtstunden opfern konnte, seit die kleinen Geschwister ruhig schliefen, sah mit stiller Freude ihren kleinen Vorrath sich mehren, und überraschte den Bräutigam bei seinen seltnen Besuchen immer wieder mit neuem Zuwachs.

Lehner hatte ihr einmal den Magisterzettel mitgebracht, das Verzeichniß sämmtlicher Theologen die auf Anstellung warteten, in Reih und Glied nach den Altersklassen aufgeführt, auf dem strich sie gar pünktlich die Angestellten aus und zählte und zählte, wie viele Namen noch vor dem lieben Namen stünden, der einst der ihrige werden sollte; ach es waren noch viele, gar viele. Luise, die sanfte liebevolle Luise, ertappte sich einst mit Schrecken auf einer gottlosen Regung von Freude, als der Vater bei Lesung der Zeitung ausrief:»was? drei Pfarrer gestorben!«»Für minder gottlos hielt sie den dringenden Wunsch, daß einige alte Pfarrherrn ihrer Bekanntschaft sich doch zur Ruhe setzen möchten.

*

Es verging ein Jahr um's andre, Lehner zog Land auf und ab, wenn irgend wo ein Patronats- oder Gemeindedienst erledigt wurde, – immer vergeblich. Alte Pfarrer, gleichfalls längst Verlobte, ehemalige Hofmeister des Gutsherrn, gewandte, elegante, junge Leute in Glaçés, liefen ihm den Rang ab; immer kleinlauter kehrte er von solch vergeblichen Feldzügen zurück, immer aber fand er Luisen trostvoll und hoffnungsreich.

Gabriele und Kornelie, ein paar schnippische, gewandte Backfische, waren in eine Pension gebracht worden,»aus mütterlicher Fürsorge für Luise,«wie die Frau Pfarrerin ihren Freunden im Vertrauen sagte,»damit ihre aufblühende Schönheit nicht Luisens verblühendes Aussehen zu sehr hervorhebe. Theodor war Vikar beim Vater und Fritz als Kaufmannskommis auf Reisen, Bruno auf der Universität, Arthur im Gymnasium, – Luise saß noch immer am runden Tischchen und nähte au der Aussteuer, wenn eben nichts für Mama und Schwestern und Brüder zu arbeiten war, und sah auf den Weg, den die alte Botin heraufkommen mußte. Sie flog ihr nicht mehr nächtlicher Weile entgegen, wäre auch gar manchmal vergeblich gegangen, denn wenn nicht eben eine Meldung im Gang war, so wußte August nicht viel zu schreiben:»weißt, es bleibt ja beim Alten bei uns,«meinte er,»du weißt schon lange Alles, was ich dir schreiben könnte.«Ach, sie hätte es so gar gern noch einmal gelesen, – doch blieb sie guten Muthes und unverdrossen.

Gabriele und Kornelie kehrten aus der Pension zurück mit seiner Bildung und neuen Stickmustern und machten Furore in der Nachbarstadt, es dauerte nicht lange, so war Gabriele die Braut des jungen praktischen Arztes daselbst mit Anwartschaft auf die Oberamtsarztstelle, Luise half das Haus bekränzen zur Verlobungsfeier und kochte das Festmahl; was von ihren verfertigten Aussteuervorräthen fein und tauglich genug erfunden wurde, das nahm man für Gabriele, die bald Hochzeit feiern sollte:»du hast ja Zeit, Luischen,

27

Neues anzufertigen!« Sie lächelte gutmüthig und fing von Neuem an, doch meinte sie von selbst, die Stiche flögen nimmer so rasch wie das erstemal.

*

Der Pfarrer starb und Luise mußte das Vaterhaus verlassen; den Apfelbaum, unter dem sie sich verlobt, das Fenster, von dem aus sie so manchmal den Bräutigam kommen gesehen, die Stätte ach! wo sie ein Recht hatte, daheim zu sein.

Luise und ihre Brüder bezogen ein höchst bescheidenes Erbtheil, die Stiefmutter aber war durch Erbschaften von Mutter und Tanten sehr wohlhabend. »Ihren Kindern zu lieb, um ihre Erziehung passend zu vollenden,« beschloß sie das Opfer zu bringen, in die Residenz zu ziehen, ›obgleich sie selbst die Stille des Landlebens weit vorzogen hätte.‹

»Du bleibst natürlich vor der Hand bei uns,« sagte sie gnädig zu Luise, »wir müssen eben sehen, wie wir's mit dem Raum machen; sind freilich jetzt Mädchen genug.« Diese fühlte erst bei diesen gutgemeinten Worten mit tiefem Weh, daß sie kein Heimathrecht mehr habe. Doch faßte sie sich bald wieder und meinte, wenn die Mutter erlaube, wollte sie sich nach einer Stelle umsehen, da nun ja Kornelie und Adelgunde erwachsen zu Haus seien. Großmüthig gab dies die Mutter nicht zu, zumal da bei Gabrielen, die längst Hochzeit gefeiert, ein Wochenbett in Aussicht stand, und ein junger Vetter, ein vielgereister, gewandter Kaufmann, Absichten auf die ausblühende Adelgunde zeigte, wo es dann wieder eine Aussteuer zu fertigen gab.

Lehner war in den Tagen der Trauer der Familie treulich und theilnehmend zur Seite gestanden. Es that ihm sehr weh, daß er Luisen jetzt keine Heimath bieten könne, und er meinte, er dürfe nun doch auch beginnen, sich um Staatsdienste zu melden.

Ach, aber der Magisterzettel zeigte noch lange Reihen von Vormännern, und obgleich Luise sich bereit erklärte, ihm auf die rauhe Alp oder selbst auf's öde Hardfeld zu folgen, so war doch selbst bei den bescheidensten Meldungen keine Idee von Hoffnung.

Theodor war nun auswärts Vikar, der Schwager stand ihm gutmüthig mit seiner Erfahrung bei im neuen Amt, Luise freute sich dessen von Herzen: aber als sie einmal, wie Lehner ihre Anwesenheit nicht bemerkte, diesen zum Bruder arglos sagen hörte: »hör, nimm dich doch in Acht, da so viel Töchter im Haus sind; zu frühe Brautschaften taugen nichts,« da zog sich schmerzlich ihr Herz zusammen und ein leiser Stachel blieb in ihrer Seele.

Lehner wurde als Amtsverweser in eine entferntere Gegend berufen, er meldete sich fanatisch und unaufhörlich, fast um jeden aufgehenden Dienst, so daß er beim Konsistorium fast sprüchwörtlich wurde und es bei Sitzungen ein allgemeines Gelächter gab, so oft der Präsident sein Meldungsgesuch mit den plegmatisch ausgesprochenen Worten bei Seite legte: »wird warten können.«

Luise pflegte Gabrielen im Wochenbett, nähte Adelgundens Aussteuer und Brautkleid und begleitete sie zum Altar. Bei Gabrielens Hochzeit war sie noch als weißgekleidete Brautjungfer mitgegangen, bei Adelgunde meinte die Mutter, ein dunkles Kleid sei für sie tauglicher.

Der alte Schuster war gestorben, noch eh er das Ruhestübchen im Hause des Sohnes erlebt; Katherine, deren sich Luise, soweit es ihr immer möglich war, treulich angenommen, war in Diensten, und der Christian auf der Wanderschaft. Lehner schrieb mit neuer Hoffnung: die Schwester eines Oberkonsistorialraths, eine Frau geheime Oberfinanzräthin war mit ihrer Tochter, einem kränklichen Fräulein, in das Dorf gekommen, wo er Amtsverweser war, um Landluft und Kuhausdünstung zu genießen, er wurde oft zu den Damen berufen, um dem Fräulein Trost zuzusprechen, vorzulesen ec.. Die Frau geheime Oberfinanzräthin war sehr dankbar, sehr gütig und verbindlich gegen ihn und hatte ihm Vorsprache bei ihrem Bruder zugesichert, die Pfarre Kaltennest war frei mit fünfhundert Gulden festem Gehalt und beweglichem Holzeinkommen, da konnte es nicht fehlen. In Luisens Herzen ging's auf wie Sonnenschein; ›immerhin nach Kaltennest! ich will es schon warm und heimisch machen.‹

Scheiden und Meiden

Es war Luisens Geburtstag. Man hatte eben nicht große Notiz davon genommen, doch hatte sie die Mutter glücklich gemacht durch das Geschenk einer eisernen Herdschaufel und eines Bügeleisens, die sie zufällig in einer Auktion erstanden; das war ihr lieber als Rosenstöcke, waren es doch Vorboten der nahen eignen Heimath! Sie dankte Gott, daß sie indeß nicht entbehrlich gewesen auf der Welt; Gabriele und Adelgunde stritten sich um ihre treue umsichtige Hilfe bei neuen Aussichten auf Mutterfreude.

Kornelia aber vertraute ihr, daß sie vielleicht bald Braut sein würde: der junge Regimentsquartiermeister gehe nicht umsonst so oft am Fenster vorbei: »da gibt's genug für dich zu thun, Luischen, darfst nicht bälder Frau Pfarrerin werden!« Auch die auswärtigen Brüder richteten alle Wünsche, die sie wegen moderner Hemden, neuer Kravatten ec.. hatten, direkt an Luise. Ein gichtkranker Onkel der Mutter, der selbst von seiner Haushälterin geplagt, nun seinerseits alle Welt plagte, hatte Luisens unübertreffliches Talent der Verträglichkeit entdeckt, und berief sie gar manchmal zu seinem Beistand; nein, sie war nicht überflüssig, aber sie blickte doch mit geduldiger Sehnsucht, mit inniger Freude nach dem nahen Friedensport, der sich ihr in Kaltennest aufthat.

Es war ihr Geburtstag. Mutter und Schwestern waren auf die Messe gegangen, sie war allein. Sie hatte sich Lehners Briefe geholt, neun Geburtstagsbriefe waren darunter, sie las sie durch vom ersten bis zum letzten, ihre Augen hatten etwas gelitten von den langen Nachtarbeiten; zu sehr feinen Nähtereien oder Buchstaben bediente sie sich verstohlener Weise einer Brille, aber Lehner hatte dies nie gesehen. Der erste Brief war vier Blätter lang, die spätern wurden allmählich kürzer, der Geburtstagsbrief vom vorigen Jahr enthielt nur Eine Seite, »aber um so herzlicher,« meinte Luise. Er lautete:

Liebe Luise!

Ich wünsche Dir von Herzen Glück zu Deinem Geburtstag. Du hast ihn nun schon manchesmal allein gefeiert, ich hoffe, den nächsten begehen wir zusammen. Mit der Meldung um Gabelheim oder Steinberg kann es kaum fehlen. Ich hätte Dir so gern auch eine kleine Freude gemacht, aber man kann hier gar nichts haben, und ich weiß wirklich nicht, was Du brauchen kannst. Ich bin so sehr gedrängt von Amtsgeschäften und muß schließen. Wenn es möglich ist, besuche ich Dich in der Heuvakanz; da dies nicht mehr lange ansteht, so erspare ich Alles auf's Mündliche. In treuer Liebe

Dein
Lehner.

So gar herzlich kam er ihr beim Durchlesen nicht mehr vor,»aber er ist doch gut gemeint,« tröstete sie sich,»Worte thun's nicht.«

Heute war noch kein Brief gekommen und sie lauschte mit klopfendem Herzen, ob die Hausklingel nicht töne. Sie erhob sinnend den Blick; sie sah auf keinen grünen Weg mehr, der ihr den Liebsten oder seine Grüße brachte, aber über die zahllosen Hausdächer und Kamine sah sie im Geiste hinaus auf ein kleines Gärtchen, – ein solches mußte doch selbst in Kaltennest sein! – auf ein Pfarrhaus, wie klein und bescheiden es immer sein möchte; und sie fühlte sich nicht weniger glücklich, wenn auch ruhiger, als an dem ersten Geburtstag, der ihr die warmen mündlichen Wünsche des Geliebten gebracht.

Die Klingel tönte, sie sprang hinaus, dem Briefträger zu öffnen und – fuhr mit einem Freudenschrei zurück; er war es ja selbst, groß und lang, ganz elegant in schwarzem Meldungsfrack, der unverändert jeder Tyrannei der Mode trotzte; sie führte ihn in's Zimmer, sie bewirthete ihn mit allem, was sie hatte, und fand im Vorbeigehen Gelegenheit, die fatale Brille nebst den Briefen im Nähkörbchen zu verstecken. In ihrer Geschäftigkeit merkte sie nicht, wie auffallend still und kühl Lehner war.

»Und wie steht's mit Kaltennest?« fragte sie endlich schüchtern, als sie an seiner Seite saß.

»Nichts ist's,« brach August ärgerlich aus,»der Gukenberger hat's! der uralte Kandidat, der schon wegen dummer Streiche suspendirt und abgesetzt und was alles war. ›Er habe sich gefaßt,‹ meinte der Herr Präsident, ›da dürfe man ihm den Weg zur Rückkehr nicht verschließen, und er habe eine arme Mutter.‹ Ueberhaupt waren trotz der Empfehlung die Herrn gar nicht gnädig, sie zeigten mir auf dem Magisterzettel, wie viele noch vor mir stehen, machten mir bemerklich, wie unangenehm man sich durch solche unendliche Zudringlichkeit mache und wie ein unverständig eingegangener Brautstand noch kein Recht auf vorzeitige Bedienstung begründe.« Lehner ging heftig im Zimmer auf und ab, Luise zerdrückte eine Thräne, sie wagte nicht zu sprechen, aus Furcht, sie werde dann in Weinen ausbrechen.

Die Mutter kam mit den Schwestern, sie begrüßte den Herrn Tochtermann und hörte mit Bedauern den Bericht seines Mißlingens, den er ihr in aller Kürze gab. Lehner war auffallend still und zerstreut, Luisens Geburtstage hatte er noch gar nicht erwähnt; er brach Nachmittags bald auf. er müsse noch den Abend einige Stunden gehen, um am nächsten Morgen nach Hause zu kommen. Luise schickte sich an, ihn zu begleiten, wie sie immer gethan. Sie gingen schweigsam durch den schönen Schloßgarten. Luise, die sich von seinem Schweigen gedrückt fühlte, wollte ihm scherzend erzählen, wie sie einmal beim Eingang in den Garten geweint, weil sie auf dem Anschlag am Thore fälschlich gelesen:»Vikare und Hunde[1] dürfen nicht in die Anlagen,« das sei ihr doch gar zu hart vorgekommen, – aber sie wagte es nicht, als sie in sein finsteres Gesicht gesehen.

Sie setzten sich auf einer abgelegenen Bank, alles stand wunderschön in Grün und Blüthe, geputzte Kinder suchten Veilchen auf dem Rasen, Vögel zwitscherten und sangen, aber Luise konnte sich nicht freuen wie sonst, es war ihr, als hinge eine schwere Wolke über ihr.

»Liebe Luise,« begann Lehner,»ich habe noch mit dir zu reden und ich weiß gewiß, daß wir uns verständigen werden.« Er fühlte nicht, wie sie zitterte bei diesem Eingang.»Unsre Hoffnung ist auf's Neue fehlgeschlagen und wieder in ungewisse Ferne gerückt: du trittst heute dein einunddreißigstes Jahr an ...« – »Das dreißigste,« warf sie leise ein. – »Nun ja, das dreißigste legst du zurück und trittst das einunddreißigste an,« sagte er etwas ärgerlich, – es war diese Jahresrechnung eine schwache Seite von ihm, – »das thut nichts zur Sache. Es thut mir leid, daß ich dich um so manches schöne Jugendjahr mit vergeblichem Warten gebracht. Mit deinen

---

[1] Fiacres und Hunde.

häuslichen Vorzügen könntest du gewiß jetzt noch eine passende Parthie machen, wenn du nicht an mich gebunden wärest. Auch ich könnte ruhiger meinem Beruf vorstehen und eine endliche Entscheidung abwarten, wenn

ich nicht immer durch den Gedanken gedrückt wäre, daß du an mich gebunden und zu diesem endlosen Warten, diesen zahllosen Enttäuschungen verurtheilt bist. Da halte ich es als redlicher Mann für Pflicht, dir dein Wort zurückzugeben. Ich überlasse es aber gänzlich deiner Ansicht.« Er erschrack vor dem Blick voll unsäglichen Weh's, vor dem todtbleichen Angesicht, das Luise langsam zu ihm erhob. »Wenn es dir wehe thut, Luise, wenn du glaubst, ich habe selbstsüchtige Beweggründe,« sprach er hastig, »so lassen wir's immerhin beim Alten, ich meine es nicht bös, ich dachte nur, es sei besser für dich und für mich ...« Da erhob sich Luisens weibliches Gefühl, sie wollte nicht seine Treue und Liebe als eine Gabe des Mitleids annehmen: »Du hast wohl recht,« sagte sie sanft und ruhig; »wenn du glaubst, es sei so besser, so thue es in Gottes Namen; – ich wollte es dir selbst vorschlagen,« setzte sie leise und zögernd hinzu; es war vielleicht ihre erste Unwahrheit.

»Siehst du?« rief er wieder lebhafter, »so haben wir Einen Gedanken gehabt; es ist freilich sehr schmerzlich, aber wenn wir ruhiger geworden sind, so werden wir beide einsehen, daß es das Beste war. Wir waren eben gar jung und unbesonnen, als wir den Schritt eingingen.« – »Du wirst gehen müssen, es wird spät,« sagte Luise nach einer langen, stummen Pause, »leb' wohl, Gott behüte dich und segne dich.« – »Ich habe wirklich alle Eile,« sagte er hastig, »lebe wohl, liebe Luise, und mißverstehe mich nicht.« – »Lebe wohl, August,« sagte sie wieder, »Gott sei mit dir.«

Er ging, kehrte sich aber noch einmal um: »nicht wahr, du glaubst mir gewiß, daß ich es aus Rücksicht für dein Bestes gethan?« Luise nickte mit sanftem Lächeln. »Und,« sagte er nochmals zurückkehrend, »wenn ich dir oder den Brüdern einen Freundschaftsdienst thun kann, nicht wahr, dann zählst du auf mich?« – »Gewiß,« sagte sie wieder und gab ihm die Hand.

Er ging, und sagte im Gehen oft und wiederholt vor sich hin: »es war gewiß das Beste, es ist nur, bis es überwunden ist; so ein langes Herumziehen hätte uns Beide noch unter den Boden gebracht.«

Er ging, und mit ihm ging Luisens Freude und Lebensglück, die Liebe und die Hoffnung langer Jahre. Sie blieb sitzen, wo er sie verlassen, lange, lange unbeweglich; sie weinte nicht, sie schluchzte nicht, ihr mattes Auge sah auf den Weg, auf dem er fortgegangen, und nur leise Thränen floßen nieder auf ihre zusammengelegten Hände. Die Sonne sank nieder zwischen den blühenden Bäumen, die Vögel sangen und zwitscherten, süßer Duft stieg aus Blumen und Gesträuchen, die Kinder hüpften heimwärts, geputzte Damen zogen den Hauptweg hinab, junge Mädchen, die sich etwa ein hochwichtiges Geheimniß zu vertrauen hatten, gingen an der einsamen Bank vorüber und sahen mit verstohlener Neugierde auf das schmerzverzogne Gesicht. Nicht eine Seele ahnte, welch kummerschweres Herz unter diesem goldnen Abendhimmel schlug, welch heißer Kampf hier lautlos gekämpft wurde.

Er war gewonnen. Langsam erhob sich Luise, leise, leise sagte sie vor sich die Worte:

Dein' ewig Treu und Gnade,
O Vater, weiß und sieht,
Was gut sei oder Schade
Dem sterblichen Geblüt.

Und langsam ging sie ihren Weg zurück durch den stiller gewordnen Garten, und niemand, selbst Gott im Himmel nicht, hat eine Klage von ihr gehört.

Männertreue

Mehr als ein Jahr dauerte es, bis der nun freie Amtsverweser eine Anstellung fand. Der Pfarrverweser hatte lange Zeit sich und dem Konsistorium Ruhe gegönnt von Meldungen. Er ging gern und viel in Gesellschaft, er fühlte sich wirklich leichter und freier, seit er des ewigen Wechsels von Hoffnung und Enttäuschung enthoben war, er sagte sich oft und viel und bewies auch dem jungen Rektor der Nachbarstadt, seinem vertrauten Freunde, der ihm eigentlich zu der Auflösung des Verhältnisses gerathen hatte, daß diese Lösung wirklich das allerbeste und vernünftigste gewesen sei, aber ein leiser Wurm saß doch in seinem Innern, dessen Nagen er zu Zeiten fühlte. »Nun, wenn ich endlich doch einen Dienst bekomme, so kann ich ja immer noch thun, was ich will,« war der letzte Trost mit dem er dies Nagen beschwichtigte. Er hörte, es gehe Luisen gut; sie hatte jetzt drei verheirathete Schwestern, bei denen sie sehr gesucht war, »und daheim hat sie's dann auch angenehmer,« tröstete er sich, »wenn nicht so viele Mädchen mehr da sind.«

Da wurde die Pfarrei Tannhausen erledigt. Einmal wollte er es doch wieder versuchen, er meldete sich, ohne die Sache näher zu betreiben. »Du Glücksvogel!« verkündete ihm der Rektor, nachdem er die Meldung fast vergessen hatte, »nun hast du noch etwas Gutes abgewartet! Das ist ja eine allerliebste Anfangspfarrei, nicht weit von der Residenz, ein ganz neues Haus, prächtiger Garten, kleine Gemeinde, du könntest dir's nicht schöner malen!«

Also endlich! Lehner hatte selbst nicht geglaubt, daß er sich noch freuen könne, am Ziele zu sein. Er ward allgemein beneidet, und der Oberkonsistorialrath, bei dem er sich dankend einstellte, meinte gnädig lächelnd: »ja, sehen Sie, wir gewähren lieber auf ruhige Bitten, als auf solch unablässiges Drängen.«

Und nun wäre es ja Zeit gewesen, noch ›zu thun, was er wollte,‹ und sein altes Wort zu lösen. Luise lebte nicht mehr in der Residenz, sie war mit der Mutter in die Garnisonsstadt gezogen, wohin Karolinens Regimentsquartiermeister versetzt worden war, und lieh von dort aus je nach Bedürfnis den Schwestern, die nun auch noch durch zwei Schwägerinnen vermehrt worden waren, ihren Beistand. Vor dem Rektor durfte er den Gedanken gar nicht laut werden lassen, seine alte Liebe wieder heimzuführen, der erklärte es ohne weitere Motivirung für: »baren Unsinn;« nur eine lautlose Stimme in seinem Innern führte doch eine andre Sprache als der Rektor.

Aber neben die verblühte Gestalt seiner alternden Braut mit ihren treuen, blauen Augen, ihrem guten hausbacknen Gesicht und ihrer einfachen Gestalt, stellte sich ein andres, jugendliches Bild, das er je und je schon in wachen Träumen gesehen, ein feines Gesichtchen von zarter Röthe angehaucht, geistvolle, dunkle Augen ausdrucksvoll auf ihn geheftet, eine Gestalt voll unnachahmlicher Grazie in all ihren Worten und Bewegungen: das leidende Fräulein, dem er vorgelesen, Adele, die Tochter der Frau Geheimen Oberfinanzräthin.

»Wie einfältig,« schalt er sich selbst wieder, »die würde wohl einen vierunddreißigjährigen Pfarrer nehmen! und wie würde die auf's Dorf passen?« Aber dennoch gedachte er wieder und wieder ihres freundlichen, verbindlichen Wesens und der Vorliebe, die sie immer für's Landleben gezeigt hatte.

»Nun, einen Besuch muß ich jedenfalls dort machen,« beschloß er, »ich glaube doch, daß ich der Mama zum Theil meine Anstellung zu danken habe, dann kann ich ja immer noch thun was ich will.«

Der alte Meldungsfrack that's freilich nimmer zu diesem Besuch, der Kleiderhändler lieferte einen Löwenfrack von glänzendem Schwarz. Mit einigem Herzklopfen zog er die Klingel des stattlichen Hauses, er traf Mutter und Tochter zu Hause, Adelen blühender als sie damals vom Dorfe geschieden war, das Bad im vorigen Sommer hatte ihr so gut gethan. Man gratulirte ihm und freute sich über sein Glück, und als er von seiner bescheidnen Zukunft sprach, da sprach sich Adele mit so vielem Feuer über den Reiz und die Poesie des Landlebens aus, daß ihm ganz warm um's Herz wurde und seine kühnsten Hoffnungen wuchsen.

Die Frau Räthin lud ihn auf den Abend zum Thee; ganz berauscht von dieser Güte, von der aristokratischen Atmosphäre, die Adelen, das liebliche Wesen umgab, brachte er die Zwischenzeit im Schloßgarten zu, aber vermied die Bank, auf der er damals mit Luisen gesessen, er vermied am Ende seine eignen Gedanken, und trieb sich lieber an den Fenstern der Buch- und Kunstläden herum, bis die Theestunde seiner Meinung nach schlug.

Er kam etwas zu früh, die Mutter war noch ausgegangen, Adele allein saß an dem kleinen, zierlich arrangirten Theetisch. Das Gespräch kam wieder auf ihren Landaufenthalt, auf ihre Neigung zur Einfachheit und Stille überhaupt, es wurde immer lebendiger, immer wärmer, – und eh die Beiden wußten wie? hatte Lehner eine kühne Frage gewagt und eine süße Antwort erhalten, und die Mama traf zu ihrer höchsten Ueberraschung bei der Nachhausekunft eine erkaltete Theemaschine und ein seliges Paar.

Das kam ihr sehr unerwartet, sie hatte den gesetzten Pfarramtsverweser für eine ganz ungefährliche Person gehalten und andere Erwartungen für ihre junge schöne Tochter gehegt. Nun aber war es geschehen, Adeles romantische Ideen hatten ihre Plane überflügelt, und sie war nicht von Stein, hielt auch am Ende den Sperling in der Hand für sicherer, als einen Fasan auf dem Dache. Sie ertheilte den mütterlichen Segen in sehr herablassender Weise und mit der Voraussetzung, ›daß Lehner das Opfer, das ihm ihre Tochter bringe, mit der aufmerksamsten Rücksicht für ihr feinbesaitetes Gemüth und ihre zarte Gesundheit vergelten werde.‹

Die Gemeinde des Amtsverwesers mußte sich bis zu seinem Aufzug meist ohne Hirten behelfen, er hatte gar zu oft Geschäfte in der Residenz, auch sollte das neue Pfarrhaus nach Angabe der Schwiegermama durchaus tapeziert und der Garten neu angelegt werden. Sämmtliche Ersparnisse seiner Amtsverweserzeit wurden dafür und für neue Garderobe aufgewandt: er mußte sich doch in der angesehenen Familie anständig präsentiren. Auch wußte die Schwiegermama immer gar viele Kleinigkeiten, womit er der Kleinen Freude machen würde: Odems, Figürchen auf ihren Nipptisch, auch einmal eine Uhr, was für eine pünktliche Pfarrerin unumgänglich nöthig sei. Es war ihm immer wie ein Traum, wenn er die eleganten Anstalten für die künftige Einrichtung sah, wenn er neben seiner schönen Braut auf dem weichen Divan saß, oder wenn er mit ihr ausging und ihren zarten Arm mit reichen Spangen geschmückt in dem seinen hielt und das Rascheln ihres seidnen Kleides hörte; – aber in den Schloßgarten ging er nicht gern spazieren.

Ein einsam Herz

Zehn Jahre waren vergangen seit jenem Abend, wo Luise allein geblieben war im Schloßgarten, – allein auf der Welt. Sie lebte nicht mehr bei der Stiefmutter, die zu einer ihrer jüngern Töchter gezogen war: ein Legat des alten Onkels sicherte ihr eine bescheidene Unabhängigkeit und sie wohnte nun bei Bruder Theodor, der seit einigen Jahren auch in den Hafen einer Pfarrei eingelaufen war.

Also doch in einem Pfarrhaus! Sie war dankbar dafür, und wenn sie auch die Verwaltung von Haus und Garten der rüstigen jungen Schwägerin überlassen mußte, so hatte sie doch im Dorf ihren stillen Wirkungskreis, und der Bruder nannte sie im Scherz den Herrn Unterpfarrer.

Die Zeit und das Leid waren schonend über ihre Züge hingegangen, die Geduld hatte sich nach den schönen Worten des alten Liedes an ihr bewährt:

Als wie ein schönes Licht,
Davon, wer an ihm hanget.
Mit Gottes Hilf erlanget
Ein fröhlich Angesicht.

Sie war nicht erlegen unter der Wucht ihres Leides, und ehe sie angefangen, das Schicksal und den Geliebten ihrer Jugend anzuklagen um die zerstörte Saat ihrer Freuden und Hoffnungen, hatte sie ernste Rechnung gehalten mit ihrem eignen Herzen. Was war es, das ihr jetzt die Stunden so lang und schwer machte, die Gegenwart freudlos und die Zukunft öde? was sie alle Abend wünschen ließ, einzuschlafen und nimmer aufzuwachen? War sie nicht nach wie vor das Kind des ewigen Vaters, dessen Tagewerk sie zu vollbringen hatte auf Erden, der ihr einen ewigen Trost gegeben hatte und eine selige Hoffnung? Was hatte ihr indessen die Mühe so leicht gemacht und die Arbeit so süß? War es der Aufblick zum Herrn der Erndte oder der Hinblick auf irdische Liebe und irdisches Glück? Sie erkannte die milde Vaterhand, die sie zu sich ziehen wollte, und haderte nicht mehr über den Weg, der sie zum rechten Ziel führen mußte, sie lernte sagen aus tiefstem Herzen:

Du bist's, der, was wir bauen,
Mild über uns zerbricht,
Daß wir den Himmel schauen,
Darum so klag ich nicht.

Vor acht Jahren, als die Hochzeit Lehners in der Residenz gefeiert wurde, hatte sie eine Freundin dort besucht und in einer verborgenen Ecke der Kirche der Trauung zugesehen.

Sie sah zum erstenmal wieder ihre erste und einzige Liebe, Lehners kräftige männliche Gestalt, und an ihn gelehnt die schlanke zarte Braut in schneeweißen Gewändern, in silbergesticktem Schleier und Myrthenkranz.

Sie blickte ruhig hin zum Altare mit ihren stillen Augen, die Hände gefaltet. Kein innigeres Gebet um Segen für die Vermählten ist zum Himmel gestiegen, als aus ihrer Seele, und keines aus der Versammlung ist mit ruhigerem friedevollerem Herzen nach Hause gekehrt, als die einsame Luise.

So war sie denn keine schmerzumfloßne Niobe, sie war die alte heitere Luise, fröhlich, gutmüthig und selbstvergessen, dankbar für all die schönen Tage, die sie Gott hatte erleben lassen, die Hilfe aller Hilfbedürftigen, die liebe, wenn auch oft mißbrauchte Tante der zwei kleinen guten Neffen.

Luise saß auch einmal wieder an dem runden Nähtischchen der seligen Mutter, das ihr mehr zu erzählen hatte als alle magnetisirten und klopfenden Tische: von den alten Tagen, wo sie als junges Mädchen dies werthe Erbstück glückselig aus der Rumpelkammer geholt, wo später August mit seinem Pfeifchen neben ihr gesessen, wo sie aufblickend ihn hatte von fern durch die Kornfelder schreiten sehen, – wo sie an diesem Tischchen, in den Stunden stiller Arbeit allmählich hatte erkennen lernen, daß Gott Gedanken des Friedens und nicht des Leides über sie gehabt, – o, es war ein kostbares Tischchen, sammt seinem Fachwerk mit Faden und Bändern und alten Knöpfen von verschiedener Gestalt, und der runden Nadelbüchse von Buchsbaum, die ihr August einmal von dem Jahrmarkt mitgebracht!

Der kleine Gustav Adolph, der älteste Sohn und künftige Stammhalter des Geschlechts, kam die Treppe herauf geklettert,»Tante Uis!« rief er, und brachte ihr, stolz über seine Wichtigkeit, einen Brief. Das war eben nichts seltenes. Luise, obgleich auch jetzt noch nicht stark im Briefschreiben, erhielt zu Zeiten Briefe von allen Seiten, je nachdem irgendwo in der Familie eine Krankheit eingekehrt war, eine Kindtaufe, ein Umzug oder eine Reise der Hausfrau bevorstand, und man wußte unten fast gewiß, daß Tante Luise unmittelbar nach Empfang eines Briefs auf den Boden stieg, um ihren alten Lederkoffer hervorzusuchen und auszustäuben, und der Bruder pflegte sie gewöhnlich mit der Frage zu empfangen:»nun, wo ist's diesmal los?« Warum aber bewegte sie *dieser* Brief in so ganz andrer Weise? warum stieg ihr das Blut in die Wangen, und klopfte ihr Herz und zitterte ihre Hand so heftig, daß sie ihn kaum öffnen konnte. Gustav Adolph, nachdem er vergeblich auf einen Botenlohn oder wenigstens auf Anerkennung von der zerstreuten Tante gewartet, war wieder hinabgeklettert und hatte sie verklagt: »Tante so bös, nix g'eben, nix g'sagt.« Etwas beunruhigt stieg der Bruder hinauf, um nach dem Inhalt des Briefs zu fragen.

Luise hatte sich wieder gefaßt und bereits den Lederkoffer auf den Platz geschafft, der Brief lag offen auf dem Tischchen, und sie gab ihn mit tiefem Erröthen dem Bruder zu lesen, während sie sich zu thun machte. Theodor las:

Liebe Luise!
Meine theure Freundin!

Ich habe kein Recht zu diesem Brief und der Bitte, die er enthält, als den Glauben an Ihre selbstvergeßne Güte, die ich einst so vielfach erfahren.

Sie wissen, daß ich seit acht Jahren verheirathet bin. Meine liebe Frau, immer von zarter Gesundheit, ist seit einem halben Jahre ganz bettlägerig, meine Kinder sind ohne Mutter, mein Haus ohne Aufsicht, meine Frau ohne rechte Pflege. Wir haben es vielfach mit bezahlter Hilfe versucht, es geht nicht; und, liebe Luise, ich muß ganz offen gegen Sie sein, es ist auch fast unmöglich für unsere Verhältnisse. Da wage ich denn die Frage an Sie: könnten, wollten Sie uns in dieser äußersten Noth beistehen? Ich frage nicht, ob Sie vergeben haben, aber ich frage, ob Sie so weit vergessen können. O Luise! Leidenszeiten, wie ich sie schon durchlebt, sind strenge Richter vergangner Tage! Doch, ich will hier nichts als meine Bitte aussprechen, meine Frage wiederholen: können, wollen Sie uns beistehen?

Ich will vom künftigen Sonntag an jeden Abend auf der Post zu K. nachsehen, ob Sie nicht da sind: ich kann nicht erwarten, daß Sie kommen, ich wage kaum, es zu hoffen, aber – ich glaube es.

In inniger Hochachtung
August Lehner.

»Und du willst gehen?« fragte heftig der Bruder, »zu dem, der dich um deine Jugend und dein Lebensglück gebracht, und dem du jetzt gut genug bist zur Krankenwärterin und Haushälterin?« – »Ich will gehen zu denen, die meiner bedürfen,« sagte Luise sanft, »du weißt ja, wie ich über das Vergangene denke; und wenn er mir je

Leides gethan hat, soll ich Gott nicht danken, der mir vergönnt, ihm Liebes zu thun?« Luise blieb fest, trotz dem Widerspruch des Bruders und den Bedenken der Schwägerin, die sie kopfschüttelnd ziehen lassen mußten, mit dem Schlußresultat:»man kann auch gar zu gut sein.«

Wiedersehen

Der Abend dämmerte bereits, als Luise vor dem Posthause zu K. abstieg, wo der Pfarrer von Hochbronn bereits ihrer harrte – das erste Wiedersehen seit jener Trennung. Lehner war es gar beklommen zu Muthe, aber Luise bot ihm freundlich die Hand und sagte treuherzig:»da bin ich denn, und soll mich freuen, wenn ich Euch von Nutzen sein kann.« Nachdem sie für Abladung des Koffers gesorgt und ihre enorme Tasche an den Arm gehängt hatte, machte sie sich mit dem Pfarrer auf den Weg und bemühte sich, seine Befangenheit zu zerstreuen:»Ihr seid nicht mehr in Tannhausen?« – »Ach, nein, nach dem Tode meiner Frau Schwiegermutter hätte es Adele zu sehr angegriffen, noch in der Nähe der Residenz zu sein, auch hielt man die Luft nicht für gut, und – meine Ausgaben nöthigten mich, auf einen einträglichern Dienst zu sehen.« – »Was fehlt denn eigentlich Ihrer Frau?« Mit dieser Frage Luisens war ein Gesprächsthema angeschlagen, das reichlich vorhielt bis zum Pfarrhause. Er erzählte, wie Adele immer nervenschwach gewesen, wie es ihr von den Nerven auf's Herz und vom Herzen wieder in die Glieder und von da auf die Brust gezogen sei, wie die Badereisen in den letzten Jahren ihren Zustand nur immer verschlimmert hätten, und wie sie jetzt so über alle Begriffe angegriffen sei, daß die kleinste Aufregung die heftigsten Krämpfe bringen könne, und dazu die Haushaltung, die Gärten, die Kinder mit ihrer Unruhe und unbrauchbare oder eigenwillige Mägde!»O, es ist oft ein Elend, von dem Sie keinen Begriff haben.«

»Nun, das wird mit Gottes Hilfe auch wieder besser, wir müssen nur der armen Frau nicht mit häuslichen Sorgen das Herz schwer machen und selbst guten Muth behalten.« – »Ach, wenn ich mich zusammennehme und heiter scheine, so sagt sie, ich sei gleichgültig, und klage ich, so weint sie und wünscht sich den Tod! Aber sie ist bei allem dem die beste Frau von der Welt, nur der angegriffene Zustand...«

Sie hatten das Haus erreicht. Es war ein schönes stattliches Haus, das Pfarrhaus zu Hochbronn, so im Mondschein gesehen, der die vernachläßigte Umgebung nicht so erkennen ließ wie das Sonnenlicht, und als der Pfarrer die Klingel zog, um die als Fremde einzuführen in sein Haus, die einst so vertrauensvoll ihre Hand in die seine gelegt hatte zum Gang durch's Leben, da durchzuckte wohl Beide ein seltsames Gefühl. Zum erstenmal wagte er Luisen anzusehen, das helle Mondlicht fiel auf ihre Züge, sie aber blickte ihn an mit einem so klaren, ruhigen Blick, so voll von Frieden und Vergebung, daß dieser Blick ihm die Tiefen eines Herzens zeigt, das über den Stürmen steht und die Welt überwunden hat.

Die Magd kam herab, öffnete das Haus und stellte dem Pfarrer, eh er die Treppe betrat, Stiefelknecht und Pantoffeln hin,»Meine Frau greift es so an, das Knarren der Stiefel auf der Treppe zu hören,« sagte er entschuldigend zu Luise.»Aber die Bauern?« fragte diese unwillkürlich.»Wer vom Dorf ein Anliegen an mich hat, den empfange ich im Schulhaus,« sagte er etwas verlegen.

Die Frau durfte heute nimmer beunruhigt werden mit der Kunde von Luisens Ankunft; Luise genoß den Rest angebrannter Suppe, den die Magd noch warm gehalten hatte, und ließ sich ihr Schlafgemach zeigen. Das Gastzimmer schien längst als Rumpelkammer zu dienen, das Gastbett war ordentlich aufgemacht, nur war unter der Matraze ein Depot für schwarze Wäsche angelegt; Luise hatte bis tief in die Nacht zu thun, bis sie nur das Zimmer einigermaßen wohnlich geordnet, und poetische Gemüther mögen ihr verzeihen, daß in dieser ersten Nacht unter dem Dach des Hauses, das ihre Heimath hätte werden sollen, die Prosa der Gegenwart mächtiger wurde in ihr, als die Poesie der Vergangenheit, und daß ihre Gedanken beim Einschlafen sich mehr um künftige Hausreformen drehten, als um begrabne Träume.

Ein Wirkungskreis

Am nächsten Morgen ging sie zeitig in die Küche hinab und fand dort den Pfarrer geschäftig hin- und hertrippelnd, während er mit dem Schweif seines langen Schlafrocks Zwiebel- und Eierschalen und sonstigen Kehricht, mit dem der Küchenboden bedeckt war, nach sich schleppte; eine stämmige Köchin, wild, wie es schien, über den ungehörigen Eingriff in ihre Rechte, warf ganze Arme voll

Scheiter in ein loderndes Feuer, auf dem der Kaffee überkochte, während der Pfarrer mühselig daneben ein kleines Feuerchen auf einer Kohlenschüssel anblies. »Aber was machen Sie da?« fragte Luise verwundert. »Ach, nur Adelens Mooschokolade,« sagte er, etwas beschämt, »es war indeß jeden Morgen der Jammer, daß sie nicht gut bereitet sei, da wollt' ich's selbst einmal versuchen.« – »Nun, das überlassen Sie jetzt mir,« sagte sie, das Feuerchen anblasend, »und gehen ruhig auf Ihre Studirstube. Nicht wahr, wir leiden nicht gern Herrn in der Küche?« sagte sie lächelnd zur Köchin hinüber, die, durch diese Vertraulichkeit schon gewonnen, ihren Kaffee in etwas ruhigerer Weise besorgte.

Eben war die Chokolade fertig, als aus einer Hinterstube ein vieltöniges Geschrei ertönte: »Mine, wo sind meine Schuh?« – »Ich finde meine Strümpfe nicht!« – »Ich muß andere Hosen haben!« – »Der Otto will aufstehen!« – »Hab' ich die Kindsmagd in's Dorf schicken müssen um Milch,« brummte die Köchin, »jetzt schreien sie gleich alle zusammen! Könnt ihr nicht warten, ihr Racker?« Luise winkte lächelnd den Pfarrer zurück, der so eben mit kläglicher Miene zu Hilfe kommen wollte, und ging hinüber in die Kinderstube, die weder für's Auge, noch für den Geruchssinn anziehend war. Da wälzten sich vier kleine Kreaturen von sieben bis zu zwei Jahren in verschiedenen Stellungen und sehr unreinlichen Negligees auf dem Boden oder im Bett herum, stritten und schrieen: »mich muß man zuerst anziehen!« – »Nein, mich!« – »Meine Schuhe sind ja zerrissen!« und so fort. Die Erscheinung einer Fremden imponirte ihnen etwas, und sie ließen sich lautlos ein's um's andre von Luisen waschen, kämmen und ankleiden, soweit dies mit höchst mangelhaften Hilfsmitteln überhaupt möglich war. Es war ein unerhörter Prozeß, daß sie noch vor dem Frühstück angekleidet wurden, und sie starrten bald einander, bald die fremde Frau an, die so emsig und rasch an das schwierige Werk ihrer Reinigung gieng. Der Pfarrer war indeß noch in Verlegenheit gewesen, wie er Adelen von der Ankunft der neuen Hausgenossin benachrichtigen solle, ohne sie zu sehr anzugreifen. Die isländische Mooschokolade bahnte den Weg dazu. »Wer hat sie diesmal gemacht? die schmeckt nun doch einmal, wie sie soll,« sagte die Kranke, als sie ihr gebracht worden. »Luise Stein, die ich ja hieher gebeten zu deiner Unterstützung, kam gestern Abend und hat sie zu machen versucht.« – »So, das ist gut, ich möchte sie bald sehen.« Es war der Kranken auf dies Sehen bang, wie auf alles, was einem Ereigniß glich; aber Luisens anspruchs- und geräuschlose Weise, die herzliche Theilnahme, die ihr die Thränen in's Auge trieb, als sie die junge Frau so krank und abgezehrt auf dem Lager fand, die sie nur einmal gesehen in der Blüthe der Jugend und des Glückes, beruhigte diese leicht, und Luise saß bald an ihrem Bette und ordnete ihr die Kissen und reichte ihr den Trank, als hätte sie immer da gesessen. Als nun der Vater draußen beim Frühstück, das in der Studierstube genossen werden mußte, damit die Mutter den Kinderlärm nicht hörte, die Kinder gewaschen und gekleidet vorfand und zum erstenmal keinen Streit zu schlichten hatte, weil alle noch von dem unerhörten Ereigniß mit der fremden Frau, die sie gewaschen hatte, verblüfft waren, da dämmerte es ihm seit lange wieder wie das Morgenroth einer bessern Zukunft.

Es war sehr schwierig, dieses Morgenroth heraufzuführen. Luise stieß allenthalben auf solche Berge von Hindernissen, Kammern voll angehäuften unnennbaren Gerümpels, Schränke voll ungeflickter Wäsche, im Besuchzimmer Motten in den eleganten Möbeln, gestickte Vorhänge, von Mäusen zerfressen, in den andern Zimmern kein einziges wohlerhaltenes Stück. Der Garten war eine Art von Thiergarten, in dem Katzen und Hunde, Hühner und Gänse freien Spielraum hatten und den die Magd der Bequemlichkeit halber fast ganz mit Salat angebaut hatte, an dem sich Herr und Kinder fast krank essen mußten.

Des Pfarrers Studierstube diente bei schlechtem Wetter zur Kinderstube, um der kranken Frau den Lärm ferne zu halten, seine Pfeifen waren in's Gartenhaus verbannt, weil die Frau nicht einmal das Dasein einer Pfeife im Haus ertragen konnte, Schuhe und Speisereste wurden in ein- und demselben Kasten verwahrt; – es überstieg Luisens Begriffe und sie glaubte der Aufgabe erliegen zu müssen.

Sie erlag aber nicht. Sie griff mit frischem Muth an, nicht im Sturm, nur leise und allmählich, aber rastlos und unablässig. Sie drückte über keine ihrer Entdeckungen Verwunderung aus, sie fragte nur die Köchin, ob es ihr nicht etwa so auch passend vorkomme, und ließ sie Theil nehmen an jeder Reform.»Es ist eine rechte Jungfer,« gab selbst diese zu;»ja, es ist gut mit ihr arbeiten,« gestand auch die Stubenmagd.

Und die Kinder hingen an ihr mit einer Liebe, wie sie sie nimmer erfahren, seit man ihre kleinen Brüder fortgeführt, und folgten ihrem Wink und der Pfarrer schaute sie so dankbar an, und die Kranke, die nichts ahnte von den Gebirgen, die Luise überstiegen, wenn sie so harmlos zufrieden sich zu ihr setzte, lächelte ihr entgegen, so oft sie ins Zimmer trat. – Luise betete oft, Gott möge ihr ein demüthiges Herz erhalten, daß sie sich nicht überhebe, weil ihr so viel anvertraut sei, und sie hatte gar nicht Zeit, an vergangnes Leid zu denken.

Innere Mission

Adele fühlte ihren wohlthätigen Einfluß nur allmählich, unsichtbar wie frische gesunde Luft. Sie war so einfach gebildet diese Luise, ihre Gedanken bewegten sich so im Kreis des Gewöhnlichen, sie schien die pure simple Gutmüthigkeit mit etwas gesundem Hausverstand, und doch lag oft in ihren einfachen Worten eine Tiefe und ein Ernst, die Adelen hier etwas ahnen ließ, was *sie* mit all' ihrer Bildung, ihren zarten und schönen Gefühlen bis jetzt noch nicht gefunden hatte: ein Herz, das Frieden geschlossen hatte mit sich und seinem Gott.

Luise schlief bei den Kindern, der kleine Otto, der äußerst schwächlich war, schlief noch sehr unruhig, die erste Hälfte der Nacht aber, wo die Kinder meist ruhig lagen, brachte sie bei der Kranken zu.»Ach, Luise, nicht wahr, ich bin recht wunderlich?« fragte seufzend Adele in einer Nacht, wo Luise sie bald hoch, bald nieder gebettet, ihr bald frisches Wasser, bald warmen Thee gebracht, bald die Lampe gelöscht, bald sie wieder angezündet hatte. »Du weißt ja, daß es mir Freude macht, dir etwas nütze zu sein,« sprach beruhigend Luise.»Ach nein, du mußt mich nicht auch verwöhnen, wie alle Welt gethan. Du hast mir's nie gesagt, und doch ist mir's erst eingefallen, seit du da bist, wie unnöthig ich Euch plage, wie viel ich an mich selbst denke; gewiß, ich will noch anders werden.« –»Du bist krank, liebe Adele.« –»O, ich weiß, wenn du auch krank wärest, du würdest doch anders sein. Siehst du, ich war nie recht gesund und so lang ich lebte, sorgte meine arme gute Mutter fortwährend mir jedes Steinchen aus dem Weg zu räumen, und sie brachte es so weit, daß mir ein Sandkorn weh that: ich war das beste Geschöpf von der Welt und gönnte jedermann alles Gute, nur so lang mir selbst nichts abging.

»An Bällen konnte ich nicht theilnehmen; so oft die Mutter meinte: man müsse mir armen Tropfen doch zu einem Bischen Vergnügen verhelfen, mußte ich es nachher mit wochenlangem Kranksein büßen, da suchte man denn alles Erdenkliche auf, was mir sonst Freude machen könnte: Bücher waren mir das Liebste. O wie lebte ich mich ein in diese Welt der Poesie, und mit wie reizenden Farben malte ich mir besonders das Landleben aus! Da lernte ich Lehner kennen ...«

»Hast du ihn lieb gehabt?«

»Nun, weißt du,« sagte Adele erröthend, »ich lernte ihn auf dem Land kennen, da war es eine große Wohlthat, daß er mir vorlas; aber ich hätte doch nicht daran gedacht, je seine Frau zu werden, er war ja sechzehn Jahre älter als ich! Aber als er nach Tannhausen kam, da erst wurde er mir wichtiger, das Pfarrhaus war so einzig! Wir Mädchen alle hatten uns schon in der Nähschule darum gestritten, wer einmal Frau Pfarrerin in Tannhausen werden dürfe, und August kam mir so recht würdig und edel vor ...«

»Hast du ihn denn nicht so gefunden?«

»Ach gewiß, er ist ganz brav und gut, nur zu gut gegen mich, aber ich hatte mir einen Geistlichen gar nie im Alltagskleid gedacht, und es störte nachher meine Illusion, ihn im gestreiften Schlafrock mit der Pfeife im Munde zu sehen. Nun also, ich fühlte recht, daß mein weichliches schwankes Wesen einen Halt und eine Stütze brauche, und ich sagte recht von Herzen ja, obgleich es so schnell kam, daß ich nicht recht wußte, wie mir geschah. So ward ich seine Frau. Nun wollte ich zwar einen Mann, wie ihn sich ein Mädchen denkt: männlich und fest, eine Ulme für das schwanke Epheu, daneben aber hatte mir die Mutter so oft und viel gesagt, wie ein unerhörtes Glück es sei für August, daß er mich bekomme, und wie er mich ehren und schonen und auf den Händen tragen werde. Und mein Lebenlang hatte man mich gelehrt, zumeist und zunächst an das zu denken, was etwa meiner Gesundheit schädlich oder zuträglich sein könnte.

»Wo denn einmal August mit der Festigkeit auftreten wollte, die ich mir als Mädchen so reizend gedacht, da that es mir entsetzlich weh; ich zerfloß in Thränen, wenn er eine verbrannte Suppe tadelte, und bekam ein solches bittres Mitleid mit mir selbst, daß ich mir die ärmste Frau schien und unendlich edelmüthig, wenn ich wieder vergab. Dazu kam die Mutter, die in ihrer Güte mich so übermäßig hätschelte und pflegte und schonte, daß mein guter Mann wie ein wahres Monstrum von Gleichgültigkeit und Härte daneben stand.

»Es kamen die Kinder. Ich war wirklich der Last nicht gewachsen, und je nöthiger dem Haushalt eine thätige, rüstige Frau gewesen wäre, desto schwächer wurde ich. Die Versuche, die ich zu Anfang gemacht, thätig im Haushalt zu wirken, mußt' ich bald unterlassen, und der arme August verzehrte sich in Sorge, daß er mir nicht alle Hilfe und Erleichterung schaffen könne, die mein Zustand fordre. Die gute Mutter war unerschöpflich in Vorschlägen von Bädern, Reisen und Kurorten, die mir gut thun sollten, ich ließ mir alles gefallen, ich hatte nie klare Einsicht in Geldverhältnisse gehabt, und wenn ich auch wußte, daß unser Einkommen nicht reichte, so tröstete ich mich damit, daß ich ja der Mutter einziges Kind sei, die würde uns schon zu rechter Zeit helfen.

»Nach der Mutter Tode gingen mir darüber freilich die Augen auf und ich sah, daß wir lange Jahre auf einem Fuß gelebt, der unsre Mittel aufgezehrt, aber ich war körperlich zu schwach und hatte meine geistige Kraft zu wenig geübt, als daß ich jetzt an eine durchgreifende Aenderung hätte denken können, ich hoffte, auf den neuen bessern Dienst würde alles gut werden.

»Jetzt erst, Luise, seit du hier bist, sehe ich, daß ich trotz meiner Schwäche hätte mehr thun können, zumal für meine Kinder. Es ist zu spät. Liebe Luise, gewöhne du meine Kinder, das Leben frisch anzufassen und hinzunehmen, lehre du sie, sich selbst vergessen auch im Leiden, daß Gott sie bewahre vor dem Stachel, der unbewußt an meiner Seele genagt hat durch all diese Jahre, an der Seite eines guten Mannes und lieblicher Kinder: behüte sie vor dem Gefühl unerfüllter Pflicht.«

Es war zu spät für die arme Frau, ein neues Leben des Wirkens zu beginnen; aber nicht zu spät, in der Schule des Leidens zu lernen, was noch zu lernen war. Die Kinder, die sonst ängstlich fern gehalten worden, durften sich nun um ihr Bett sammeln, sie lernte sich freuen mit ihnen und Theil nehmen an ihren kleinen Leiden und Freuden. Sie war so sanft und geduldig, so besorgt, Andre nicht zu bemühen, daß sie ohne die aufmerksame Liebe Luisens und ihres Gatten manches Nöthige entbehrt hätte. Und, was vielleicht das Größte, das Ergebniß des schwersten, stillen Kampfes war, – sie sah neidlos mit sanftem Lächeln, mit welcher Liebe und Achtung die Kinder an Luisen hingen, an sie sich wandten, wie sie von ihr Belehrung und Trost und Hilfe suchten, wie der Pfarrer mit rückhaltlosem Vertrauen alle Angelegenheiten des Hauses und der Kinder in ihre Hand legte und das Gesinde ihren leisesten Wünschen Folge leistete.

Sie fühlte in dieser Verläugnung einen Frieden, wie sie ihn nie empfunden, nicht in den schönsten Tagen ihres kurzen Frühlings, einen Frieden, der ihr Krankenbett den Ihrigen zu einer lieben Heimath, der nach langen, langen Leidenswochen ihr Sterbebett zu einer heiligen Stätte seliger Hoffnung machte.

Das letzte Opfer

Adele ruhte im Grabe, auf dem schon die weißen Rosen blühten, die Luise vor ihrem Abschied aus dem Pfarrhause noch gepflanzt. Der Pfarrer hatte seinen ältesten Knaben in eine Kostschule gegeben und führte das Hauswesen, das Luise in gute Ordnung gebracht, mit einer braven Magd.

Und Luise saß wieder am Nähtischchen in dem Oberstübchen des Bruders; den kleinen Otto, der noch vieler Pflege bedurfte, hatte sie mit sich genommen, er belebte das stille Jungfernstübchen und spielte zu ihren Füßen.

Luise hatte nicht nur *gegeben* im Pfarrhause zu Hochbronn, sie hatte auch gelernt, und an Adelens Kranken- und Sterbebette vieles gewonnen. Die höhere Bildung der jungen Frau, die, als sie von den Schlacken der Selbstsucht gereinigt war, sich wirklich als edler Schatz ihres Innern kund gegeben, hatte den Kreis ihrer eignen Gefühle und Gedanken erweitert; der ungetrübte Friede, mit dem sie frisch und heiter durch die kleinen Wechselfälle, die unvermeidlichen Störungen des Alltagslebens ging, entsprang mehr noch als zuvor aus einer tiefern Quelle als natürlichem guten Muth: aus einem Herzen, das himmelwärts gestellt war.

Da kam Gustav Adolph, der nun bereits an *mensa* war und den kleinen Otto gnädig protegirte, auch einmal wieder mit einem Brief in der Tante Stube. Ein Brief vom Pfarrer Lehner an die Pflegerin seines Kindes war nichts Neues mehr, Luise war lange wieder mit der Aufschrift vertraut, – und doch stürzte sie *dieser* Brief in eine Bewegung, wie sie ihr stilles Herz seit Jahren nicht mehr gekannt, so daß Gustav Adolph diesmal die Botschaft in's Wohnzimmer hinunter brachte: »die Tante ist ganz betrübt und weint und geht immer in der Stube herum.« Der Inhalt des Briefs hätte sie nicht mehr überraschen dürfen. Er enthielt die innige herzliche Bitte Lehners, zu allem, was sie ihm und den Seinigen gegeben, noch die höchste Gabe, sich selbst, zu fügen, seinen Kindern eine treue Mutter, seinen einsamen Tagen eine Gefährtin, seinem verwaisten Hause die segnende Hausfrau zu werden.

Luise hatte diese Bitte voraussehen können, ihre Geschwister, der ganze Kreis ihrer Bekannten hatten längst als ganz natürlich erwartet, daß sie des Pfarrers Gattin werde. Er bot ihr eine Heimath, wie sie sich einst gedacht, er war ihre erste und einzige Liebe; und doch, – nur ein Frauenherz vielleicht wird glauben und begreifen, daß Luise bei dieser Bitte den schwersten Kampf ihres Lebens mit ihrem weiblichen Stolze zu durchkämpfen hatte. Willig, gerne, ohne Zögern war sie zu ihm geeilt in der bescheidnen Eigenschaft einer Gehilfin des Hauses, einer Pflegerin seiner Frau, sie hatte ihm beigestanden wie eine Schwester, gedient wie eine Magd. Aber sein Weib zu werden, die Hand, die er verschmäht, nun doch in die seine zu legen, nachdem ihre Gefühle für ihn lange schon zur ruhigen, fast mitleidigen Schwesterliebe geworden waren, so daß sie mit einem Herzen, lauter bis zum tiefinnersten Grunde, am Sterbebett seines Weibes hatte stehen können, – dagegen sträubte sich ihr innerstes,. weibliches Gefühl, und mehr als einmal ergriff sie die Feder, um ihm schwesterlichen Dank für seine Werbung zu sagen und sie abzulehnen.

Aber sie dachte an seine einsame Zukunft, an die verwaisten Kinder, die ihr die Mutter so oft auf die Seele gebunden, sie bedachte, ob es nicht Gottes Finger sei, der ihr hier ihren Wirkungskreis angewiesen und ob ihr darauf eine andere Antwort zieme als: siehe, ich bin des Herrn Magd, mir geschehe, wie du gesagt hast. So hat sie Ja gesagt und einen stillen Einzug gehalten in das Pfarrhaus, dessen Schwelle sie das erstemal schon als hilfreicher Engel betreten, und sie ist dem Gatten ein gutes, treues Weib geworden, die ihm Liebes gethan und kein Leides sein Lebenlang. Ihre fleißige Hand brachte den Segen in's Haus, und Adelens Kinder, die ihre einzigen blieben, wuchsen und gediehen wie Oelzweige.

Ob sie das alte Gefühl ihrer Jugend, das Glück und das volle Vertrauen ihres jungen Herzens wieder gefunden, – ich weiß es nicht und ich glaube es kaum. Aber ihr Mann wurde gepriesen als ein glücklicher und gesegneter Mann und er hat in ihr seinen guten Engel erkannt bis zu seinem letzten Hauch.

Ihre Kinder sind mit einer Liebe und Achtung an ihr gehangen, wie sie nur eine Mutter als köstlichste Gottesgabe erbitten kann. Luise ruht nun lange im Grabe neben Adelen und ihrem Gatten, und Adelens Söhne sind Männer geworden, aber das Auge dieser Männer wird feucht und ihre Hände falten sich wie zum Gebet, wenn sie der zweiten Mutter gedenken und ihrer Treue.

Über tredition

Eigenes Buch veröffentlichen

tredition wurde 2006 in Hamburg gegründet und hat seither mehrere tausend Buchtitel veröffentlicht. Autoren veröffentlichen in wenigen leichten Schritten gedruckte Bücher, e-Books und audio-Books. tredition hat das Ziel, die beste und fairste Veröffentlichungsmöglichkeit für Autoren zu bieten.

tredition wurde mit der Erkenntnis gegründet, dass nur etwa jedes 200. bei Verlagen eingereichte Manuskript veröffentlicht wird. Dabei hat jedes Buch seinen Markt, also seine Leser. tredition sorgt dafür, dass für jedes Buch die Leserschaft auch erreicht wird.

Im einzigartigen Literatur-Netzwerk von tredition bieten zahlreiche Literatur-Partner (das sind Lektoren, Übersetzer, Hörbuchsprecher und Illustratoren) ihre Dienstleistung an, um Manuskripte zu verbessern oder die Vielfalt zu erhöhen. Autoren vereinbaren direkt mit den Literatur-Partnern die Konditionen ihrer Zusammenarbeit und partizipieren gemeinsam am Erfolg des Buches.

Das gesamte Verlagsprogramm von tredition ist bei allen stationären Buchhandlungen und Online-Buchhändlern wie z. B. Amazon erhältlich. e-Books stehen bei den führenden Online-Portalen (z. B. iBookstore von Apple oder Kindle von Amazon) zum Verkauf.

Einfach leicht ein Buch veröffentlichen: **www.tredition.de**

Eigene Buchreihe oder eigenen Verlag gründen

Seit 2009 bietet tredition sein Verlagskonzept auch als sogenanntes "White-Label" an. Das bedeutet, dass andere Unternehmen, Institutionen und Personen risikofrei und unkompliziert selbst zum Herausgeber von Büchern und Buchreihen unter eigener Marke werden können. tredition übernimmt dabei das komplette Herstellungs- und Distributionsrisiko.

Zahlreiche Zeitschriften-, Zeitungs- und Buchverlage, Universitäten, Forschungseinrichtungen u.v.m. nutzen diese Dienstleistung von tredition, um unter eigener Marke ohne Risiko Bücher zu verlegen.

Alle Informationen im Internet: **www.tredition.de/fuer-verlage**

tredition wurde mit mehreren Innovationspreisen ausgezeichnet, u. a. mit dem Webfuture Award und dem Innovationspreis der Buch Digitale.

tredition ist Mitglied im Börsenverein des Deutschen Buchhandels.

Dieses Werk elektronisch lesen

Dieses Werk ist Teil der Gutenberg-DE Edition DVD. Diese enthält das komplette Archiv des Projekt Gutenberg-DE. Die DVD ist im Internet erhältlich auf **http://gutenbergshop.abc.de**

Zeitfracht Medien GmbH
Ferdinand-Jühlke-Straße 7
99095 Erfurt, Deutschland
produktsicherheit@kolibri360.de